W0065407

Harald Rutzen

Es gibt immer mal wieder Leute...

Laputa Verlag Berlin

Erste Auflage
Veröffentlicht im Laputa Verlag,
Berlin 2014
Copyright © 2014 by Laputa Verlag
Umschlaggestaltung Ogata Granz / Mona Stiraki
Druck Frick Digitaldruck, Krumbach
Printed in Germany
ISBN 978-3-00-040913-4

ES GIBT IMMER MAL WIEDER LEUTE…

Leute befüllen Gehwege, Straßen, U-Bahnen und Busse. Sie tauchen nur für einen kurzen Moment im Blickfeld auf, fast leise und unbemerkt. Leute verschwinden hinter geschlossenen Türen in Kaufhäusern, Büros und Wohnungen. Sie erhalten keinen richtigen Namen. In ihren Gesichtern steht nicht viel mehr, als ein paar Sätze, grob aufgetragen, wie ein paar hastige Pinselstriche einer Skizze.

Es gibt immer mal wieder Leute, die wirken nicht als Subjekt, sondern als Objekt. Es gibt ganz andere Leute, die machen eine Methode daraus, diese zu beschreiben, indem sie zwischen Subjekt und Objekt ein Prädikat setzen und darauf spekulieren, hierdurch ein Individuum hergestellt zu haben. Darüber berichten sie dann gerne in Zeitungen. Sie geben Zahlen als Altersangaben in Klammern hinter den Namen, um ihre Bemühungen zu unterstreichen, die Beschriebenen aus ihrer Anonymität heraus holen zu wollen. Sie fühlen sich berufen, in ihren Texten die Lesenden und die Dargestellten einander persönlich vorzustellen.

Es gibt immer mal wieder Leute, die schlagen dann so eine Zeitung auf, um ihre Nasen hinter den aufgeschlagenen Seiten zu verstecken, beginnen darin zu lesen und fühlen sich in den Artikeln selbst beschrieben. Fühlen sich erkannt oder ertappt oder verstanden, wenn sie in Großküchen schauen, wo Buchstaben zu Wörtern, zu Sätzen, zu Geschichten gekocht werden, die sie dann serviert bekommen.

In U-Bahnen werden mithilfe einer Nase und eines Taschentuches Trompeten-Arien aufgeführt. Eine Dame will nicht älter werden, schafft ihren Geburtstag und somit auch den 30.Februar ab. Ein Junge hegt den leidenschaftlichen Berufswunsch, nicht Feuerwehrmann oder Lokomotivführer zu werden, sondern Raucher. Eine Ehefrau ist bemüht, ihren Mann im örtlichen Kaufhaus gegen einen neuen umzutauschen. Einem Fußballspieler platzen seine Träume von einer Profi-Karriere, um dann seine erlernten Schuss- und Verteidigungsfertigkeiten in Afghanistan auszuleben. Einer jungen Frau fallen eines Tages alle Gegenstände herunter, weil sie bei den Stadtwerken ihre Schwerkraft-Rechnung nicht bezahlt hat. Der hoffnungslosen Überfüllung eines Spielplatzes wollen Behörden Abhilfe schaffen, indem sie die Kinder nach China exportieren lassen, um dort in einem Vergnügungspark ausgestellt zu werden.

SEIFENBLASEN

Ein neues Hobby hat die Welt erobert. Freizeitspaß für jung und alt. Seifenblasen, die nicht mehr wie bisher nur im großen Rahmen für industrielle Zwecke, sondern nun auch handlich im Hausgebrauch produziert werden können. Die ganze Familie darf sich drüber freuen. Als besonderer Höhepunkt: Die platzen anschließend ausgesprochen schön mit großem Aha-Effekt. Der neueste Renner auf dem Seifenblasen-Markt heißt dabei »Zukunft«. Speziell den älteren Semestern von heute macht es dabei Spaß, diese vor den Augen der Junioren in Luft auflösen zu lassen. Ein Spaß, der ihnen in ihrer Jugend nicht vergönnt gewesen ist.

Erfunden hat dies ein gewisser Kilpert (38) aus B., der ursprünglich nur bei der Jahreshauptversammlung seines lokalen Turn-Vereines ein kleines Potpourri zum Besten geben wollte.

Haare: dunkelblond, mittellang.
Augen: blaugrau.
Körpergröße: 1,68m.
Figur: normal.
Besondere Merkmale: keine.
Das klingt nicht nur sehr gewöhnlich, Frau A. (Alter: 30 plus) sieht auch so aus. Um dieses Bild abzurunden, stellt ihr Charakter eine innere Entsprechung ihres äußeren Wesens dar: Unauffälligkeit. Das war schon immer so. Auch schon in der Schule. Damals hat sie das geärgert, ständig verwechselt zu werden mit Veronika oder Martina. Oder Michaela. Selbst ihr erster Freund, zwei Klassen über ihr, in den sie so verknallt gewesen ist, konnte sich ihren Namen nie merken. Es hießen in der Schule ja auch eh alle gleich. Es waren auch alle gleich! Fielen nicht auf. Als Teilchen einer Masse. Einer jugendlichen Schwungmasse. Diesen Schwung hat Frau A. dann in ihr Leben mitgenommen. Den Schwung, mit der Masse Schwung zu holen.

Denn das einzige, was sie wirklich gut kann, hat sie zu ihrer Lebensaufgabe gemacht: Unauffällig zu sein. Sie ist in der Tourismus-Branche tätig. Nein, keine der Damen, die hinter Reisebüro-Tischen sitzen und in ihre Sessel furzen. Auch nicht als Animierdame eines Puffs in touristisch

exponierter Lage. Und auch nicht als Stadt-
führerin. Nein, sie arbeitet als Hintergrundbild!
Als Bonbon, als Accessoire, als Arabeske, als
Zierde. Dezent und unauffällig hübscht sie die
Sehenswürdigkeiten Berlins durch ihre Präsenz
auf. Besser gesagt: Deren Wahrnehmung für
Touristen. Ihr Einsatzgebiet ist die von
Eingeborenen entsiedelte Ödnis des Potsdamer
Platzes, des Brandenburger Tors, des Reichstags.
Immer, wenn ein Tourist in diesem Bereich
seine Foto-Kamera heraus holt, dann steht sie
apart im Bildhintergrund, schaut interessiert und
latent lächelnd in irgendeine Richtung. Frau A.
ist Teil einer Fassade. Sie rundet ein Bild ab,
damit die Fotos etwas freundlicher und belebter
Aussehen und die Produktion einer
Wahrnehmung für die Ewigkeit unterstützt wird.
Um eingeklemmt in den Fotoalben dieser Welt
zu lagern, alle paar Jahre herausgeholt zu werden
und dezent die Berlin-Erinnerungen zwischen
Tokio und Rio, zwischen New York und Sydney
optisch zu verschönern.
Manchmal hat Frau A. aber auch so ein diffuses
Unwohlsein, als seien die ganzen Touristen, für
die sie arbeitet, auch nur ein Hintergrundbild,
eine konstruierte Fassade. Nur Projektionsfläche
für irgendetwas Übergeordnetes. Eine Fassade
für etwas, das nicht unauffällig und Masse ist.
Aber was soll das sein? Und wie soll so etwas
überhaupt funktionieren?

WER JUNG IST, HAT NOCH TRÄUME

»Aus dir soll mal etwas Anständiges werden…!!«
Ein Spruch durchlöchert täglich im Stakkato wie
eine Maschinengewehrsalve den kleinen Leander
(11), hat ihn alt und desillusioniert gemacht. Die
Flausen frühkindlicher Berufsphantastereien
wurden schnell begraben. Der Ernst des Lebens
hat für ihn längst begonnen.

Der Berufswunsch ist eine weitreichende
Entscheidung, die gut überlegt sein will. Aber
nun ist es soweit. Alle Scheinwerfer sind auf den
Bengel gerichtet. Der Familienrat hat sich
versammelt. Ein Dutzend Augen klebt
angespannt an den kindlichen Lippen: »Wenn
ich groß bin, will ich Raucher werden!« Als
Vollzeitkraft. Etwas Solides. Ein Job mit
Zukunft. Erstaunen, Überraschung, tobender
Applaus aus der Menge. Die Begeisterung
überschlägt sich! »Junge, da musst du aber
immer fleißig üben.« – »Immer beste Noten
haben.« – »Und wer bezahlt das Studium?« –
»Du weißt aber, dass du da viele Überstunden
machen musst. Viel Zeit für Familie wird dir da
nicht bleiben.« – »Junge, das ist wirklich etwas
sehr Anständiges!«

Die Brust des kleinen Leander schwillt bei so
vielen Worten des Lobes an. Auch wenn es ihn
gleichzeitig etwa verlegen macht. Seiner
Nasenspitze ist es anzusehen.

SCHEIßE (IRGENDWAS MIT MEDIEN)

Besonders bei den Banketts gehobener Kreise, die Katja T. (27) gerne in ihrer Freizeit besucht, wird sie von Unbekannten häufig nach ihrem beruflichen Kontext gefragt. Zu häufig. Ihre Schnute ist in diesem Umfeld weniger bekannt, was nicht an geringer Reputation, vielmehr an der Verborgenheit ihrer Tätigkeit liegt. Sie arbeitet in der Küche. Gastronomie. Ohne falsche Bescheidenheit kann gesagt werden, Chef-Köchin der Spitzen-Gastronomie!

Wenn sie auch nur »Irgendwas« zusammen braut, ist es kein Imbissbuden-Fraß, sondern Haute cousine. Ja, sie kocht zwar auch nur mit Wasser. Mit Subjekt, Prädikat, Objekt. Mit Der-Die-Das und mit Wieso-Weshalb-Warum. Ihre Zutaten sind Buchstaben, keine Lebensmittel. Sie kocht in irgendeinem Hinterzimmer, mixt in großen Kochtöpfen Wörter zu Sätzen, zu Geschichten zusammen. Sie macht: »Irgendwas mit Medien.« Das sagt sie dann allen Leuten, die sie fragen. Und immer wieder wird sie gefragt! Und immer wieder freut sie sich über ihre präzise Antwort.

Wenn Katja T. allerdings ihre Laune mit Alkohol betäubt und die Zunge gelockert ist, fängt sie an zu plaudern. Erzählt vom Geheimnis ihrer Gourmet-Küche. Erzählt von geheimen Gewürzen. Der Magie kräftiger

Wörter, dem Salz in der Suppe. Dann würzt sie zur besseren Verdauung für alle, die es hören wollen (und auch die, welche es nicht hören wollen) gerne mal ihre präzise Antwort mit einem kräftigen »Irgendwas mit Medien, Scheiße!«

Mensch und Maschine agieren so selten im Einklang, wie an den Kassen von modernen Warenhäusern: Fließbänder rollen, Material ist kontinuierlich im Fluss und dazu die synonyme Rhythmik menschlicher Bewegungen. »Perfekt!« findet es auch Frau Waltrop (42), verheiratete Hamann. Besonders genießt sie den Luxus der Umtauschmöglichkeit (doch) nicht verwendeter Waren. Wirklich sehr verbraucherfreundlich, das Ganze.

Ihr ganzes Leben hat sie dem Konsum gewidmet. Eine Aufgabe, die von ihr auch heute noch mit jugendlicher Leichtigkeit erfüllt wird. Perfekt auch, als sie vor 20 Jahren bei der Erfüllung ihrer Aufgabe ihren Jens kennengelernt hatte, der ihr schöne Augen machte. Damals lief das noch alles wie am Schnürchen. Jung und frisch und unverbraucht. Wundervoll. Die ersten Jahre der Ehe waren eine Symmetrie von Harmonie und Stilbewußtsein; Jens ein Schmuckstück für ihre Wohnung, das Küchentisch und Sofa geziert hat. Ein Stillleben, im Interieur optimal zueinander angepasst. Besucher waren begeistert. Ja, *waren*! – Denn jetzt nervt der Jens, ist abgenutzt, alt und verbraucht. Er gammelt nur noch vor sich hin wie ein verwelkter Blumenstrauß, der schon vor Ewigkeiten hätte entsorgt sein müssen. Es ist

Zeit für einen neuen Ehemann, der frisch und unverbraucht ist. Nur wohin mit dem Alten? Ob sie den wohl jetzt noch umtauschen kann? Einfach mal Nachfragen. Das Kaufhaus von damals gibt es schließlich noch. Ansonsten? Einfach wegschmeißen, den alten Müll.

DER TUNNELBLICK

P. Kahlhaupt (54), Hobby-Psychologe und hauptberuflicher Berliner Großstadt-Flaneur, sinniert nach einem anstrengenden Arbeitstag im Bett neben seiner schnarchenden Ehefrau liegend über nichts Geringeres, als das Wesen seiner Vollzeitbeschäftigung. Mit einer alten Schwarte eines Georg Irgendwas in der Hand rutscht seine Brille tief auf die Nasenspitze. Er wird hibbelig. Im Halbschlaf überschlagen sich seine theoretischen Ausführungen:

Der moderne Großstädter von heute ist, im Gegensatz zum schlichten Gemüt des Wald- und Wiesen-Menschen einer Vielzahl von Impressionen ausgeliefert. Impressionen, die das Gehirn kräftig durcheinander schütteln. Demgegenüber hat die artfremde Haltung des Menschen im ländlichen Freigehege, in dem es quasi keine natürlichen Feinde gibt und er sich gleichzeitig nur schwachen Sinneseindrücken aussetzen muss, ein unkontrolliertes Paarungs-verhalten und eine ungezügelte Vermehrung zur Folge. Aus purer Langeweile. Die städtische Wildbahn entspricht dagegen vielmehr dem menschlichen Naturell. Eine Vielzahl von akustischem, visuellem, beweglichem und unbeweglichem Material fordert den Geist. Eine ungeheure Nervenbelastung. Und eine logische Erklärung für Kahlhaupts allabendlichen

Ermüdungszustand. So ein langer Arbeitstag kann den Geist ganz schön erhitzen. Entspannung verspricht er sich hierbei aus einem erfrischenden Bad im U-Bahn-Leben. Denn hier soll der Blick wieder scharfe Konturen erhalten, um den Geist wieder zu kanalisieren und auf das Ziel auszurichten.

So wird P. Kahlhaupt nachts um 3 Uhr nur mit Bademantel und Schlappen bekleidet in der U-Bahn Linie 2 zwischen Ernst-Reuter-Platz und Bismarckstraße von einem privaten Sicherheitsdienst aufgegriffen. Entspannt und erholt kann er nun wieder seiner anstrengenden Tätigkeit nachgehen. Der Blick ist wieder frei gespült.

INNEREIEN DER HOSENTASCHE

Herr Knod (31) hat kein Geld. Zwar hat er jahrelang gearbeitet. So genau weiß er zwar nicht mehr, was. Aber er weiß sicher, täglich saß er bei irgendeiner Firma acht Stunden im Büro und hat dort einen Computer bis zur Erschöpfung bearbeitet. Es muss wohl irgendwas mit Astronomie zu tun gehabt haben. Richtig bezahlt worden ist er dafür auf jeden Fall nicht. Die Lust daran hat er verloren und deswegen das mit dem Arbeiten wieder sein gelassen.

Herr Knod hat kein Geld. Deswegen ist er in ein anderes Büro gegangen, wo Mitarbeiter sogar dafür bezahlt werden, denjenigen Leuten Geld zu geben, welche keines haben. Klingt gut und scheint eine tolle Erfindung zu sein. Denn Herr Knod ist einer derjenigen, klopft dort an und redet mit der Sachbearbeiterin Frau Schmitz-Gerten (49), die ihm das Geld geben soll, das er nicht hat.

Frau Schmitz-Gerten zieht bei seinen Worten die Mundwinkel nach unten. »Wieder so ein Spinner«, denkt sie. »Weisen sie erst mal nach, dass sie wirklich wirklich *kein* Geld haben«, erklärt sie ihm nüchtern und kaut dabei fordernd auf ihren Fingernägeln.

Herr Knod holt sein Portemonnaie hervor, leert es auf dem Tisch vor ihrer Nase, leert seine gesamten Hosentaschen. Haufenweise liegen

Taschentücher (benutzt), bekritzelte Zettel, Kassenbons, Handy (alt), ein Bleistift und ein Schlüsselbund (vier Schlüssel) vor ihr ausgebreitet. Aber: kein Geld. Nachdem sie mit Verwunderung ihren Blick abwechselnd zwischen diesem Haufen und den Augen Knods schweifen lässt, fühlt er sich nun unmissverständlich dazu aufgefordert, ihr alles zu zeigen. Alles. Nach anfänglichem schüchternem Zögern zieht er nacheinander Jackett, Hemd, Unterhemd, Schuhe, Hose, Socken, Shorts aus, legt es alles fein säuberlich auf den Tisch, steht nackt vor ihr. Kein Geld! Deswegen sei er ja hier!

Nein, das reicht Frau Schmitz-Gerten nicht. Sie rümpft pikiert die Nase. »Sie machen wohl Witze?!«

Für Witze ist Herr Knod wirklich nicht zuständig. Und dafür sei er auch nicht hier. Mit einem abgebrochenen Studium in Astrophysik und einem Diplom in Meteorologie bekommt er einfach kein Geld fürs Arbeiten. Selbst seine Bewerbung bei der Müllabfuhr ist vor ein paar Tagen abgelehnt worden. Es gibt zu viele Leute, die gerne den Dreck anderer wegmachen. Deswegen will er jetzt einfach das Geld ohne Arbeiten bekommen. Die insistierende Aufforderung, nun mal wirklich nachzuweisen, dass er kein Geld hat, wird ihm jetzt zu hoch.

Wie soll »Kein«, »Nichts« und »Leere«
nachgewiesen werden?

Über seinen Kopf hinaus breiten sich
Vorstellungen vom Weltall aus. Das Weltall, das
keine Masse und keine Temperatur hat. Die
Frage beschäftigt ihn, welche Temperatur ein
Körper annimmt, der in diesen Raum geworfen
wird. Und welche Dimensionen die Begriffe
»Leere« und »Unendlichkeit« haben können.

Frau Schmitz-Gerten versteht nichts. Herr
Knod versteht auch nichts mehr. Zwei Jahre ist
das her. Seitdem sitzt er in der geschlossenen
Abteilung des Landeskrankenhauses. Geld
bekommt er dafür keines, aber Arbeit macht es
ihm, täglich den weißen Kitteln beizubringen,
wieder normal zu werden. Insofern hat sich in
seinem Leben nichts geändert: Viel Arbeit, kein
Geld. An manchen Tagen hat er allerdings den
Eindruck, dass seine langwierige Arbeit Früchte
trägt und die Gesellschaft, die in sein neues
Sprechzimmer kommt, langsam beginnt zu
begreifen, was er ihr in jahrelanger, mühevoller
Kleinarbeit versucht, beizubringen.

DER PLATZ DER SCHWIEGERMUTTER

Wenn Kröger (38) einmal Platz genommen hat, dann will er dies als eine herrschaftliche Geste verstanden wissen. Wenn ihm dann sogar noch ein längerer Aufenthalt auf seinem Allerwertesten ansteht, wie auf einen der zahlreichen Fernbus-Reisen, die jetzt én vogue geworden sind, dann bekundet das Einnehmen des Platzes ein unmissverständliches Zeichen von unverrückbarer Substanz. Ein Zeichen, das in die Geschichtsbücher einzugehen hat. Wie die Gründung einer Adelsdynastie, die auf 1000 Jahre bestehen soll. Möge kommen, was da wolle.

Selbst wenn der Platz reserviert ist – für Behinderte. Oder Leute dort schon mal ihre Taschen deponierten, um ihr Revier zu markieren, bevor sie sich nochmal schnell die Füße vertreten wollen. Oder eine klapprige alte Dame (85) mit fortgeschrittener Thrombose? Wenn Krögers Arsch sitzt, dann sitzt er! Steif und fest. Dann gibt es keine Etikette mehr. Dann gibt es keinen Gott, keinen Sinn für Familienzusammenführung und keine Erste Hilfe bei der Krankenversorgung. Ja, sein Arsch würde sich noch nicht mal für seine Schwiegermutter erheben.

Das hat in seiner Familie eine lange Tradition. Bereits Krögers Ur-Großvater soll in Übersee-

Kolonien des Kaiserreiches den Slogan populär gemacht haben: »An deutschen Ärschen soll die Welt genesen«.

Während Kröger auf der Fahrt zwischen Berlin und Stralsund einem etwa 12-jährigen Knaben auf den Hintern starrt, kommt ihm der Gedanke, beim nächsten Familienurlaub auf Mallorca nicht vergessen zu dürfen, immer morgens vor dem Frühstück per Handtuch auch einen Strandplatz an der Sonne für seine Schwiegermutter mit zu reservieren. Jeder Hintern wirke wesentlich freundlicher, wenn er ordentlich Farbe bekommen hat und strahlt dadurch auch mehr Präsenz aus. Bei so einem schmächtigen Knabenhintern ist allerdings selbst auf einer nationalen Busreise Hopfen und Malz verloren. Damit ist kein Blumentopf zu gewinnen, geschweige denn Internationale Politik zu machen, denkt er sich.

KONVEX / KONKAV

Olaf (31) hat einen verdammt hart durch-
trainierten Body. Das sagen alle! Kein Wunder.
Er tut ja auch was dafür. Jeden Tag das volle
Programm. Denn von nix kommt nix. So kann
er sich dann gut blicken lassen, auch in der
eigenen Wohnung mit freiem Oberkörper
herum laufen. Wie gut, dass hier überall Spiegel
hängen: So ist Olaf nie allein und braucht keine
Angst zu haben, sich zu verlieren.

Heute hat er Trixi (27) ganz fest umarmt.
Vielleicht war er einfach nur glücklich darüber,
von ihr zu hören, dass sie ihn liebt.
Gemeinsamkeiten schweißen zusammen – denn
er liebt sich ja auch.

Aber Trixi will Kinder von ihm!

Obwohl... wieso eigentlich nicht?!

Gut. Soll sie sie haben.

Aber nur, wenn die ihn dann genauso lieben
werden...

Aber wirklich *nur* dann!

   --- Und was denkt Trixi darüber?

»Diese Muskeln! Wenn er mich nur mal öfters in
den Arm nehmen würde... Mhmmm. Wie gut
das tut! Aber wieso grapscht er mir nur jetzt
wieder an den Arsch?! – Ständig grapscht er mir
an den Arsch, fickt aber nie mit mir! Das letzte
Mal ist bestimmt schon 3 Wochen her. ---

Wie seh ich überhaupt schon wieder aus?! Wenn er mich jetzt endlich loslassen würde, könnte ich mal ab ins Bad. Da hab ich wenigstens meine Ruhe. Wie wird das erst, wenn wir Kinder haben… !? Und wann erzähle ich es ihm, dass ich schwanger bin? ---

Ich krieg schon Falten. Scheiße! Zum Glück hat der Typ gestern Wie-hieß-er-noch das nicht gesehen – und ich hab seine Nummer. Da ruf ich später mal an. Marktwert testen ---

Mike, ja, das wars noch. Damals. Und Kinder wollte er. Der hatte aber nie Kohle. Wenn ich das mit Olaf kriege, muss er halt auch ordentlich zahlen. So sieht das aus!«

FRÄULEIN ELSES FAHRT INS BLAUE

Seitdem sie tot ist, fühlt sich Else Lopatta († 55) irgendwie fad und leer. Auf nichts hat sie Lust, hat keinen Appetit mehr und wird ständig dünner und dünner. In ihrem Alter ist so wenig Gewicht nicht mehr angemessen. Der Gärtner hat ihr da voll und ganz zugestimmt.

Die meiste Zeit liegt sie vollkommen antriebslos auf dem Friedhof herum, lässt sich begaffen und ihre Blumen begießen. Auch die frische Luft kann ihre Laune nicht übermäßig anheben.

Heute landete ein Brief in ihrem Postfach, eine geschmeidig geschriebene Einladung. Persönlich adressiert! Zu einer kostenlosen Gruppenfahrt in den Nahe gelegenen Kurort D. – bekannt durch Funk und Fernsehen. Dort werden die berühmten Heilbäder besucht, die Erholung pur versprechen. Daneben erwartet die Reisenden eine große Tombola*, Musik*, Stimmung*, Humor*, Geselligkeit* und viele zusätzliche Attraktionen*. Heiz- und Rheumadecken sind dort auch günstig zu kaufen.*

Gleich will sie Elfriede (†62) fragen, ob sie nicht mitkommt. Wenn nicht, bringt sie ihr einfach eine Decke mit.

* kostet extra

EIN LEBEN AUF ALLEN VIEREN

Ein Leben auf allen Vieren, mit ständig heraushängender Zunge, das hat sich Hund Hugo (15) von den Menschen abgeschaut; im Speziellen von seinem Herrchen Herrmann (45). Mühe hat er sich gegeben. Beim Lernen, aus dem Napf zu fressen. Zu bellen, wenn Fremde ins Haus kommen. Gegen jeden Baum zu pinkeln.

Herrchen hat immer Geduld bewiesen, seitdem der Kleine zu ihm gekommen ist. Und Hugo war ein geduldiger Schüler. Hat alles gelernt, was ihm anerzogen worden ist. Manchmal aber spürt er, im tiefsten Inneren seines Wesens, dass er so sein und so leben will, wie er tatsächlich ist. Endlich wieder auf zwei Beinen laufen, mit Messer und Gabel essen und sich normal unterhalten können. Aber mit diesen Menschen ist so etwas einfach nicht möglich.

KÖNIGS WUSTERHAUSEN, HIER
KÖNIGS WUSTERHAUSEN

Seitdem Berlins »Neue Mitte« alt geworden ist, fühlt sich T. Roth (41) von Kloth & Roth-Immobilien ermüdend reizlos in seinen Geschäftsräumen am Potsdamer Platz. Auch sein Anzug will nicht mehr so richtig sitzen, hat ein Eigenleben gewonnen, ist außer Form geraten und den Sinn für Stil und Selbstdarstellung verloren.

Frischer Wind muss her. Die Flucht aufs Land soll der neueste Trend sein, dem sich lohne, hinterher zu laufen. T. läuft! Zum Bahnhof Friedrichstraße. Die Zeitschrift »Pronto – Schönes Leben jetzt« hat den Weg nach Königs Wusterhausen empfohlen. Als Geheimtipp, nur für Insider. Und Insider war T. schließlich damals schon, als er 2001 die Berliner Mitte besiedelte. Hochphase der New Economy und so, knickkack.

Bei der Ankunft am Bahnhof Königs Wusterhausen riecht es in seiner Nase stark nach Provinzialität. Die örtliche Disco im alten Lokschuppen nennt sich »Exit«. T. spuckt aus, beginnt aber trotzdem, Kontakt zum Dorfältesten aufzunehmen, der tagsüber im Café am Ort »Excuse me« residiert, um sich bei ihm nach Möglichkeiten zu erkundigen, die frische Landluft ungestörter erleben zu können. Der

Ortsausgang sei sicherlich fußläufig erreichbar. Auch ein Kleinstadt-Flair sei zu verzeichnen. Kleine, alte Häuser wirken gemütlich und sehnen sich nach Einzug von gestressten Großstädtern. Aber das einheimische Volk, das bedarf noch einer Überarbeitung. Vorsichtig formuliert. Die sehen Scheiße aus, glotzen ihn dämlich an und stehen im Weg. Das verbucht T. unter »Altlasten« und »Sanierungsrückstand«. Wahrscheinlich ist hier eine Kernsanierung notwendig. Das soll in die Wege geleitet werden können.

»Willkommen im Neuen Westen – im Westen ist's am besten« könnte auf dem Schild am Ortseingang stehen, das Hinweis auf durchzuführende Sanierungen gibt und Kaufinteressenten willkommen heißt. Das hat reine Publicity-Gründe und soll kein Zeichen von T.'s Aversionen sein. Schließlich ist er Geschäftsmann.

Unmittelbar nach seiner Rückkehr, während er voller Arbeitseifer beginnt, sich in das Erstellen von Plänen zu vertiefen, schaut ihn sein Geschäftspartner Kloth (41) neugierig über die Schulter und fragt ihn nach seinem ersten spontanen Eindruck aus der Provinz. Und nach den Möglichkeiten, diesen Markt zu erschließen. Da beginnt T. das erste Mal in seinem Leben zu stottern: »K.. K.. Kernsanierung. Ich sch.. sch.. scheiss auf deinen Prenzlauer Berg«.

EINE ZUGBEKANNTSCHAFT

»Würden sie es bitte unterlassen, ununterbrochen auf meinen Koffer zu sabbern?! Ich kriege gleich das Kotzen!« Frau Chalier (45), die eigentlich Frau Schmidt heißt und 54 Jahre alt ist, hier aber nicht so genannt werden will, hat gerade im ohnehin schon verspäteten ICE von Berlin nach Hamburg ihren Platz eingenommen. Die Verspätung stresst sie, die Beengtheit im Abteil auch.

Herr Patzlaff (57) bemüht sich leicht nervös um eine Mischung aus Erklärung und Empörung: »Entschuldigen sie mal! Das ist krankheitsbedingt. Ich habe Parkinson im fortgeschrittenen Stadium.«

Frau Chalier verzieht die Nase. »Und ich habe auch eine schwere Krankheit: Misanthropie. Auch im fortgeschrittenen Stadium. Soll ich ihnen mal meine Krankheitsgeschichte erzählen? Bei meinem Heilungsprozess unterstützen sie mich nicht gerade.« Herr Patzlaff wird neugierig, hakt nach. Frau Chalier beginnt zu erzählen. Die Neugierde aufeinander wächst. Erfahrungen werden ausgetauscht, Schicksale ausufernd umschrieben. Die Sätze überschlagen sich. Leidenschaftliche Dialoge entstehen. Anteilnahme. Gegensätze ziehen sich an. Der Beginn einer großen Liebe? Oder einfach nur: Eine ganz normale Zugbekanntschaft.

MAKRELEN AM MORGEN

Heute morgen ist Helena (33) mit einem Kater aufgewacht, als eine Makrele anfing, ihr ein Lied vorzusingen, wie sie sich im Wald verlaufen und von einer Hexe die Haare geschnitten bekommen hat. So ein Schwachsinn! Sie hat die Makrele sofort gegessen.

WIE FÜREINANDER GEMACHT

Die Touristen, die lieben das, sich in Berlin vor ehemals prägnanten deutsch-deutschen Grenz-stellen mit diesen Uniformierten ablichten zu lassen. Eine historische Reminiszenz an kalte Kriegszeiten. Die Konkurrenz von arbeitslosen Schauspielern und mittellosen Osteuropäern, die sich in Kleidung aus dem Fundus der Geschichte für 3 Euro pro Knipser feilbieten, ist groß (Wechselgeld auf 3 Euro ist vorhanden. Trinkgeld wird aber auch gerne genommen). Ein paar GI-Uniformen gibt es, die lungern am Checkpoint Charlie herum. Der Klassiker ist aber am Brandenburger Tor anzutreffen: dutzende DDR-Grenzbeamte, wie hingemalt.

Stephan (mit »ph«) Schultz (35) arbeitet auch dort. Er lebt seinen Job und liebt ihn. Aber DDR? USA? Was soll das?! Damit hat er nicht wirklich was zu schaffen. Die deutsche Geschichte ist für ihn etwas Besonderes und Einzigartiges. Und so fühlt er sich auch. Dann soll er den 30.DDR-Grenzbeamte mimen, der sich den Touristen anbietet?! Nee, das ist ihm zu lahm. Er dringt lieber in die Tiefen der Geschichte vor, um das Brandenburger Tor auch für seine Kunden historisch wesentlich ungeschminkter erlebbar zu machen.

Probleme hat es gegeben, mit den Behörden und manchmal auch mit durchgeknallten

Passanten, als er anfing, in SS-Uniform vor dem Brandenburger Tor auf und ab zu marschieren und Kunden anzuwerben. Mit Leuten hat er sich auseinander setzen müssen, die kein Verständnis für seine Bezugnahme auf die harten Fakten zeigen wollen. Kollegen schneiden ihn, natürlich. Glotzen aber ständig zu ihm herüber, wie zu einem Verkehrsunfall.

Die Japaner und die Chinesen lieben es dagegen, sich mit ihm fotografieren zu lassen. Seine besten Kunden. Die Amis auch. Nur der Arbeitstag ist lang. Das ständige auf und ab im Stechschritt ist besonders aufwendig an speziellen Festtagen, an denen zahlreiche Überstunden anfallen.

Wenn er Feierabend hat, will er sich ausgelassen amüsieren. Das liegt ihm im Blut, denn er ist gebürtiger Rheinländer und die Fünfte Jahreszeit ist angebrochen. Um die Ecke an der Spree wird an einschlägigen Orten der Karneval gefeiert. Für dieses Ereignis hat sich Stephan etwas ganz besonderes ausgedacht: Zur Feier behält er seine Arbeitskleidung an und verteilt an flirtwillige Fräuleins extra aufwändig hergestellte goldene Visitenkarten auf denen geschrieben steht: »Wir sind wie füreinander gemacht!« Beim Karneval in Berlin sind viele Rheinländer, die damals mit dem Umzug des Bundestages nach Berlin gekommen sind. Die sollten ihn verstehen und in ihren Reihen aufnehmen.

UNBEREIFLICH BLEIBT ES FÜR DEN VERSTAND – EINE ENDLOSSCHLEIFE, DAS MÖBIUSBAND

Verbummelte Studenten sind ein nicht tot zu kriegendes Phänomen. Wie die Schmeißfliegen! So wirkt auch die akademische Vita des verzogenen Sprösslings aus gutbürgerlichem Hause, Peter Altevogt (32), wie ein billiges Klischee: Studium zuerst mal von »irgendetwas«, um sich nach dem Abitur bloß nicht *zu* intensiv mit dem drohenden Thema Lohnarbeit zu beschäftigen. Dann Abbruch, Wechsel und Studium von »irgendetwas anderem«, das irgendwas mit Soziologie oder Philosophie zu tun hat, um sich jetzt richtig (!) damit auseinander zu setzen, warum Lohnarbeit wirklich und definitiv *kein* Thema für ihn ist. Und weil das Ganze so viel Spaß macht, kann es sich solange hinziehen, bis die Anzahl der Studienjahre auch weit in den zweistelligen Bereich hinein reicht. Um dem Ganzen dann noch die Krone aufzusetzen, wird im Anschluss noch eine Doktorarbeit dran gehängt.

In einem Moment nackter Verzweiflung über den Arbeitsaufwand und die Lächerlichkeit seines Themas entdeckt er in der hintersten Ecke des Kellers seiner Bibliothek ein verstaubtes mehrbändiges Werk. Bücher, in denen vor fast 150 Jahren alles schon gesagt, alles schon geschrieben ist. In Bonbon-Papier eingewickelt durch eine schwülstige Sprache der Alten Herren von anno dazumal. Blitzartig wächst in ihm die Idee, schnell alles abzuschreiben und als Eigenes auszugeben. Als Eigenes auszugeben für den würdigen Doktortitel, um diesen dann ohne falsche Bescheidenheit mit geschwollener Brust in Empfang nehmen zu können. Die Welt wird vor Neid erblassen. Vor der Komplexität der Sprache und der Reinheit der Gedanken, die über jeden Zweifel erhaben sind. Eine universelle Geschichte als Endlosschleife für die Zukunft.

Und kein Schwein kennt kennt diese Bücher. Kein Schwein kennt diesen Scheiß-Marx. Wie gut, dass wir im 21. Jahrhundert leben und alles schon vergessen ist. Das fällt doch keiner Sau auf. Und wenn schon: Wie war das noch mit dem Wegfall des Urheberrechtes nach 70 Jahren? – Ein genialer Plan, das Ganze. Bombensicher. Peter Altevogts Augen leuchten vor Begeisterung…

DER 30.FEBRUAR

Frau Claaßen hat kein Alter mehr. Sie ist zeitlos geworden. Einige Spaßvögel mögen denken, das Alter ist ihr verloren gegangen und sie sollte mal zum Fundbüro gehen, um zu fragen, ob es dort abgegeben worden ist. Oder es ist ihr gestohlen worden und die Polizei fahndet jetzt fieberhaft danach (besser gesagt: *sollte* das zumindest tun). Albern! Denn es ist alles ganz anders gewesen! Und zwar folgendermaßen: Nachdem es einmal die unwichtigste Person, die in ihrem Adressbuch notiert ist, gewagt hatte, ihren Geburtstag zu verschlafen, hat sie das auf die phänomenale Idee gebracht, diesen Tag einfach abzuschaffen!

Sie hat ihre Beziehungen spielen lassen. Zunächst sind sämtliche Daten, die irgendwo schriftlich über sie festgehalten waren, von ihr getilgt worden. Vernichtet. Und zwar restlos. Freunde und Bekannte sind unter Androhung körperlicher Gewalt dazu angehalten worden, sie niemals mehr auf ihren Geburtstag anzusprechen und haben sich demütig gefügt. Im Laufe der Jahre ist das ganze Thema dann auch irgendwann vollkommen aus den Köpfen aller Menschen verschwunden. Als ob es das nie gegeben hätte. Das Vergessen ist Frau Claaßens mächtigste Waffe. Seitdem hat das Jahr nicht mehr 366 und das Schaltjahr nicht mehr 367

Tage. Seitdem wird sie nicht mehr älter. Ein genialer Schachzug, die Zeit auf diese Weise auszutricksen. Und somit auch das Alter.

Mittlerweile haben sich Forscher aus aller Welt diesem Thema angenommen – ohne allerdings auch nur ansatzweise dem Geheimnis auf die Schliche zu kommen. Schon allein bei der Bestimmung ihres Geburtsjahres sind sich alle uneinig. Einige gehen von 1984 aus. Andere von 1923. Wiederum andere vertreten die Hypothese, es liege irgendwann um das Jahr 1500.

Und so sitzt die gute Frau in einem kleinen Bistro, schlürft ihren Milchkaffee und liest die Tageszeitung. Schließlich gibt es wichtigere Dinge. Wie wohl das Wetter morgen wird?

SCHUHE AUS

Wieso sich auch immer über »alles« Gedanken machen? Das muss doch nicht sein. Aber manches, das ist schon wichtig. Zum Beispiel Hygiene! Auch wenn heutzutage viele das als antiquiert bezeichnen mögen, legt Anneliese F. (54) äußersten Wert auf Sauberkeit in ihrer Wohnung.

Ständig hat sie Besuch von der ganzen Verwandtschaft (und das sind nicht wenige), von den früheren Kollegen von Hartmut, von Freunden, Bekannten, Nachbarn. Als ob alle kein eigenes Zuhause haben. Ist auf der anderen Seite ja auch ganz schön, bringt Leben in die Bude.

Nur laufen die Leutchen selbst tagtäglich durch ihr eigenes Leben. Manche rennen, als ob es kein Morgen gäbe. Manche schleichen, schlafen beim Gehen ein. Aber keiner kommt drum herum: Dreck bleibt an jedem hängen. Fremder Dreck. Fremder Dreck an fremden Schuhen. Und das in ihrer Wohnung? Nein. Das kommt ihr nicht ins Haus! Schuhe aus!!!

NEGER

Ulf (20) macht sich schon so seine Gedanken. So ist das ja nun nicht. Es ist halt nicht alles Gold, was glänzt. Es gibt so viele Probleme auf der Welt. Wichtige Probleme, die ernst genommen werden wollen. Da kann nicht einfach weg geschaut werden, wie das früher vielleicht gemacht worden ist. Nein. Es geht darum, sich Gedanken zu machen. Was zu verändern. Was zu bewegen.

Und da ist Ulf aktiv. Er geht öfters auf Demos. Er macht Aufklärungsarbeiten in der Fußgängerzone über Tierversuche und Hühner-KZ's. Oder fährt in den Sommerferien nach Afrika. Für den Bau von Brunnen. Freiwilligenarbeit. Für ein bisschen Veränderung. Für ein bisschen Gerechtigkeit auf dieser Welt.

Kurz gesagt: Ihm fehlt es an der Souveränität, das, was er als Ungerechtigkeit empfindet, mit Gleichmut vom Tisch zu wischen. Dazu befindet er sich in einer fragilen Phase seines Lebens, in der die Welt noch auf ihn wartet – zumindest in seinen Träumen. Und das ist sein größter Traum, der Traum von einer besseren Welt. Einer besseren Welt, die nicht mehr nur in seinen Träumen auf ihn wartet, sondern ihn aufrichtig mit offenen Armen in Empfang nimmt. Eine Welt, die er fühlen will.

Unmittelbar. Wie ein Sofa, auf dem er liegen kann, weich und bequem. Sicher und geborgen. Dieses Sofa will er mit Füllstoff füllen: Eine vollkommene Angleichung der realen Welt an seine Traumwelt. Einschneidend. Aus der Unfähigkeit, diese Gefühle zu beschreiben, nennt er das Sozialismus.

Natürlich geht sein Engagement nicht ohne Konflikte ab. Erst gestern hat ihn sein Onkel gefragt, ob er im Sommer wieder zu den Negern nach Afrika fahre. Die daraufhin von ihm angestachelte Diskussion über den Sinn, sich zu engagieren, bekommt er damit quittiert, dass ihm seitdem die vorderen Schneidezähne fehlen. Den Verlust von Zähnen kennt er ja noch aus seiner Kindheit. Damit hat er gelernt, umzugehen. Aber dass es Leute gibt, die »Neger« sagen, das findet Ulf jetzt nun wirklich mal daneben. Echt jetzt!

DIE TROMPETENNASE

Auch wenn er aus völlig unmusikalischen Familienverhältnissen stammt, die klassische Musik ist schon immer Karl-Wilhelm Boysenburgs (84) Leidenschaft gewesen.

Schon in frühen Jahren lauschte er den Klängen von Bach und Beethoven auf Schellackplatte im elterlichen Wohnzimmer. Als Jugendlicher hat er Hilfsarbeiten hinter der Bühne der hiesigen Oper verrichtet, um näher an der Materie sein zu können. Nach dem Abitur das Studium an einer der wohl renommiertesten Musik-Konservatorien seiner Zeit. Sein spezielles Instrument, auf dem er seine Virtuosität zur Meisterschaft getrieben hat: Seine Nase. Damit ist er weltweit führend auf diesem Gebiet gewesen. Bedeutendste Werke der Klassik sind von ihm auf internationalen Bühnen interpretiert worden. Das Geheimnis seines Erfolges ist eine von ihm in jahrzehntelanger, mühevoller Kleinarbeit zusammen getragene Sammlung erlesener Taschentücher. Teilweise in aufwendiger Spezialanfertigung.

Im mittlerweile fortgeschrittenen Rentenalter tritt Boysenburg nur noch selten zu gelegentlichen Konzerten in der Öffentlichkeit auf. Bevorzugt zu kleinen Trompeten-Arien in den U-Bahnlinien 7 und 1. Dass ihm aber dafür manche Leute dann Geldstücke vor die Füße werfen, ist ihm doch etwas unter seiner Würde! Schließlich verwendet er heutzutage nur noch ein handelsübliches Stofftaschentuch.

LETZTE AUSFAHRT KRASNOJARSK

Seit zwölf Jahren ist der arbeitslose Berliner Installateur Olschewski (48) als Hobby-Alkoholiker im Einsatzgebiet Bahnhof Lichtenberg tätig. Neulich ist er auf dem Heimweg besoffen in den falschen Zug eingestiegen und hat dort in Ruhe seinen Rausch ausgeschlafen. Anstatt nach dem Aufwachen im vertrauten Friedrichsfelde anzukommen, lagen auf der anderen Seite des Fensters, an dem er nun seine Nase platt drückte, die sibirischen Weiten.

Zur Begrüßung gab es von den eingeborenen Bahnhofs-Alkoholikern erst einmal Wodka literweise. Zum Wohle der Deutsch-Russischen Völkerfreundschaft. Immer dieses Saufen! Seitdem fährt Olschewski regelmäßig nach Krasnojarsk, um seinen russischen Kollegen einen Dienstbesuch abzustatten und empfängt sie mit einem dreifachen »Berlin, das Tor zur Welt! Hoch lebe die Direktverbindung Berlin-Krasnojarsk. Hoch. Hoch. Hoch.«

AUF DER SONNENSEITE

Berlin-Arkonaplatz an einem lauen Sommertag. Der österreichische Reise-Journalist Meyrink (41) aus Graz beobachtet eine Überbevölkerung von Kleinkindern in ungeahntem Ausmaße, so dass der Nachwuchs hier in der Öffentlichkeit in fünf Lagen gestapelt werden muss und nur Tageslicht erhalten kann, wenn sie in der obersten Reihe liegen. Diese Plätze werden auf dem Schwarzmarkt hoch gehandelt. Die Behörden haben große Schwierigkeiten, die Situation unter Kontrolle zu bringen.

Experten aus dem Ausland sind dafür angeheuert worden, um sich der Sache anzunehmen. Die versiertesten Vollprofis mit längster Berufserfahrung im Bereich »Child Management & Services« stammen dabei aus Fernost, die, nicht arbeitsscheu, alle Kinder in Koffer verpackt und nach China verschifft haben. Dort werden sie in einem Pekinger Vergnügungspark ausgestellt.

Meyrink hat alles genauestens protokolliert. Es hat Proteste von empörten Eltern gegeben. Das stand auch so in der Zeitung. Für ein größeres österreichisches Magazin hat er für einen Leitartikel eine umfangreichere Recherche vorgenommen. Den Kindern soll es, laut Beobachtern unabhängiger Organisationen, gut gehen. Diese Deutschen immer…

DIE TOTE ALTE FRAU, DIE IN DER WOHNUNG VON FRANZISKA T. LEBT

Vor kurzem hat Franziska T. (24) endlich eine neue Wohnung bezogen. Viel geräumiger als das Loch, in dem sie vorher gehaust hatte. Zentral, hell, ruhig, hohe Decken, Stuck. Und vor allem: günstig!

Vorher hat hier eine alte Dame gelebt. Nachbarn haben das bestätigt. Über 50 Jahre lang. Dann sei sie aber von einem Tag auf den anderen verschwunden. Spurlos. Franziska macht sich so ihre Gedanken…!

Ihre Hoffnung ist, sie sei vom sozialen Betreuungsdienst, der ihr immer das Essen gebracht hat, abgeholt worden. Weil sie ein wenig klapperig auf den Beinen ist. Altersbedingt. Nichts Schlimmes. Ihre Hoffnung ist, sie lebt in einem entspannten Seniorenheim am Wannsee, erfreut sich bester Gesundheit, einer ordentlichen Küche und guter Nachbarschaft. Hat sich besonders mit Else angefreundet. Genauso wie mit Frau Tilly und Frau Albert, mit denen sie täglich auf der Terrasse Rommé spielt. Überhaupt wird sie sicherlich von allen als liebenswürdige alte Dame gemocht. Und mag auch alle. Außer Patschinski (»Der alte Polacke! auch wenn er sagt, dass er schon 50 Jahre in Deutschland lebt:

Polacke bleibt Polacke!«). Kurz gesagt: Alles sei in bester Ordnung.

Das ist es aber nicht! Das fühlt Franziska immer mehr: Die alte Frau ist dageblieben! Ihre Siebensachen sind dageblieben. In den Furchen des Bodens. In den Spalten der alten Wände. In den Ritzen der Decke. Im Wohnzimmer, im Schlafzimmer, in der Küche. Im Bad. Franziska spürt ihre Nähe. Franziska kann sie riechen und hören. Jeden Tag, jede Nacht. Die alte Dame fühlt sich an, als ob sie hier gestorben ist und hier verwest. Als ob sie nicht nur ein Teil dieser Wohnung ist, sondern als ob sie die Wohnung selbst ist. Sie verwest nicht *in* der Wohnung, sondern sie verwest *als* Wohnung. Franziska gerät in Panik! Diese Erkenntnis wird ihr niemand abnehmen! Niemand!! Und wenn dann jetzt noch so ein Niemand zu ihr kommt?! – Dann ist es vorbei für sie. Sie würde für verrückt erklärt und in die Klapse eingewiesen werden. Mit Lobotomie und so einer Scheiße. Das Telefon hat sie schon lange abgestellt. Das ist sicherer so. Die Wohnungstür? – Die muss immer verschlossen sein. Immer! Bloß nicht an die Tür gehen, wenn es klingelt. Bloß nicht!!

DER UNGÜNSTIGE ZEITPUNKT

Vielleicht ist es der schönste Zeitpunkt im Leben von Alice Hanisch (39). Sie hätte es zumindest nicht gedacht, sich noch einmal so unsterblich zu verlieben. Jetzt, hier mit »Ihm« zu sitzen, den Moment einfach zu genießen. Im Traumurlaub, Arm in Arm. Sonnenuntergang. Das Meer vor Augen. Bilder, die sonst nur auf Postkarten und in Kitsch-Filmen zu sehen sind. Und ein Gefühl – unbeschreiblich! Denn die Liebe ist jung.

Durch die überwältigende Stimmung wird »Er« (Unternehmensberater Jürgen Nelles, 42) aufgeheizt, mehr gemeinsame Sehnsüchte teilen zu wollen und beginnt, über seine Träumereien zu philosophieren. Von Reisen, Erkundungen und gemeinsamen Gefühlen ist so viel die Rede, dass es sie überschüttet. Reizüberflutung. So hört sie irgendwann nicht mehr hin. Nachdem sein Monolog beendet ist, fixiert er hoffnungsvoll fragend Alices Augen, was denn nun ihr größter Wunschtraum ist. Mit wachem, klarem Blick schaut sie in den fernen Sternenhimmel: »Wenn ich einmal tot bin, möchte ich Lopatta heißen.«

In diesem Moment fällt von oben ein überdimensionaler Kronleuchter auf ihn hinab. Der Anblick, der sich danach vom zerquetschten Körper bietet, soll hier nicht gezeigt werden, weswegen jetzt umgehend abgebrochen werden soll. Ihr Blick zeigt ausgesprochene Verwunderung. Im Close-up. Die Abblende setzt langsam ein. Aber ein Leser, der sich darüber empört, dass diese Wendung der Geschichte vollkommen lächerlich und deplatziert ist, greift sich ein Mikrofon, um sich zu diesem Thema Gehör zu verschaffen. Für einen kurzen Moment ist er noch im Bild zu sehen. (Einen sehr kurzen.)

SCHWARZE LÖCHER

Angefangen hat es mit Briefmarken. Briefmarken sammelt H. Uhlenbrock (57) schon, seitdem er denken kann. Auch Fußball-Sticker hat er früher gesammelt. Später interessierte er sich für Münzen. Als junger Mann entdeckte er sein Faible für das Züchten von Kaninchen in einem Verschlag des heimischen Hinterhofes. Diesem Hobby blieb er jahrzehntelang treu. Genauso treu, wie er immer seiner Stadt geblieben ist. Hier ist er geboren und aufgewachsen. Hier lebt er seit 57 Jahren. Hier arbeitet er seit Jahrzehnten. Als Postbeamter. Und hier wird er sterben. Genau wie seine Mutter, der er sein ganzes Leben lang die Treue gehalten hat. Die er bis zum Ende gepflegt hat. Mein Gott, sie hat es ja auch nicht leicht gehabt.

Seit ihrem Tod hat er dagegen die Kaninchen-Zucht vernachlässigt. Seltsame Dinge gehen neuerdings in ihm vor. Eine neue Leidenschaft wirkt wie ein zweiter Frühling auf ihn. Er sammelt: Socken! Seine Mutter hat nie die jeweils zweite Socke von ihm entsorgt, wenn die erste verlorenging. »Man soll ja auch nichts wegwerfen!« Kistenweise stapelten sich in sechs Jahrzehnten zusammen getragene verbrauchte, kaputte, alte einzelne Socken auf dem

Dachboden der kleinen Doppelhaushälfte, die er nun alleine bewohnt.

Neuerdings hat sich die Theorie in seinem Denken durchgesetzt, Socken entwickeln eine Eigendynamik, verschwinden im Laufe ihres Lebens in Schwarzen Löchern, um am Ende ihres langen natürlichen Daseins wieder an ihren angestammten Platz zurück zu kehren. Ein faszinierender Gedanke! So faszinierend, dass er alle seine einzelnen Socken aus den Kisten akribisch zusammen getragen und untersucht hat.

Und wenn er ein ähnliches oder zufälligerweise trotz Mutters Sorgfalt sogar mal ein passendes Paar gefunden hat, sieht er alle Mühen seiner Sammelleidenschaft bestätigt. Das Paar kommt auf ein silbernes Tablett. Es wird gehegt und gepflegt. Fein gesäubert und präpariert. Mit einem Spezial-Spray aus den USA. Das glücklich wiedervereinte Paar bekommt hinter einem Glasbilderrahmen einen Ehrenplatz an der Wand der Wohnstube. Direkt neben dem Foto der geliebten Frau Mama. Nachbarn behaupten allerdings, die neue Leidenschaft sei Ergebnis des Alzheimer, das sich zunehmend im Gehirn vom alten Uhlenbrock ausbreitet.

FEIERABENDZEIT

Anstrengend ist das, wirklich. Der Job, den Anna D. (28) jeden Tag macht, ist kein Zuckerschlecken: PR-Agentur, Teamleiterin. Organisation ist die halbe Miete. Mit Dutzenden von Kundengesprächen. An jedem Wochentag. Öffentlichkeitsarbeit für ständig wechselnde Gesichter.

Aber ihre eigentliche Arbeit ist hier ihre Schauspielerei: Vertrautheit vorspielen, den Chef grüßen, freundlich zu den Kollegen sein. Auch zu Schmidt, der ihr immer ins Dekolletee glotzt, wenn sie mit ihm redet. Fröhlichkeit, Lächeln. Auch morgens, wenn sie gerade im Büro angekommen ist und lieber noch im Bett liegen würde. Da könnte sie jedem in die Visage schlagen. Tut sie aber nicht. Denn sie macht ihren Job gut. Verdammt gut. Sie ist absoluter Profi. Die Öffentlichkeitsarbeit, die sie um ihre eigene Person betreibt, ist so professionell, dass jeder Mensch tatsächlich annimmt, ihre Freundlichkeit, ihre Fröhlichkeit, ihr Charme und ihre Empathie seien tatsächlich authentisch, würden in der Tiefe ihres Herzens wohnen und aus ihr heraus sprudeln, wie ein Springbrunnen im Zentrum des Garten Eden.

Dass sie sich ihr Verhalten in jahrelanger Arbeit in privaten Kursen kostenintensiv erarbeiten und mühevoll anlernen musste, sagt sie auch niemandem. Sie hat sich halt hochgearbeitet. Darauf ist sie stolz. Und dafür wird sie auch gut bezahlt.

Aber! Wenn sie nach hause kommt, will sie ihre Ruhe haben. Ausspannen, Relaxen. Keine Öffentlichkeitsarbeit mehr. Keine Höflichkeiten mehr, keine Freundlichkeiten. Dann schlägt sie auch Leuten ab und zu in die Visage. Zumindest verbal. Einfach so. Weil es an der Zeit ist. Feierabendzeit. Das muss dann auch mal sein. Schließlich ist das ihre Freizeit!

Nur ihr Freund und ihr Kind erwarten doch tatsächlich noch ihre höfliche und freundliche Aufmerksamkeit. Wieso denn eigentlich?! – Die bezahlen doch nicht dafür. Und aus Jux und Dollerei macht Anna doch keine Überstunden!! Erst recht nicht unentgeltlich!! Irgendwann ist mal Feierabend.

DIE JUNGE FRAU, DIE IN DER WOHNUNG NEBEN HERRN WESTERMANN STIRBT

Am Anfang war sie ja noch ganz normal – vor ein paar Jahren, als sie hier eingezogen ist. Wahrscheinlich Studentin. Hat im Treppenhaus immer freundlich gegrüßt. Nun ist sie gar nicht mehr zu sehen, das junge Ding. Und wenn mal, alle paar Monate, dann glotzt die immer nur so verstört. Irgendwie irre. Und in ihrer Wohnung erst: Anfangs hat es genervt, immer der Besuch, immer der Lärm bis tief in die Nacht. Wand an Wand neben Westermann (42). Jetzt ist nichts mehr zu hören. Gar nichts! Alle paar Wochen mal ein Rumpeln und Geklirre und dann wieder Totenstille. Wochenlang. Verreist ist sie bestimmt nicht. Der Briefkasten ist regelmäßig geleert.

Ob er da mal klingeln sollte? So aus reiner Nachbarschaftlichkeit unter einem faden-scheinigen Vorwand? Das haben auch schon andere Nachbarn versucht. Ach, scheiß drauf! Die ist doch irre, die Alte. Oder krank. Hat irgendwas Ekliges. Einen Virus, der ansteckend ist. Und muss den ganzen Tag im Bett liegen. Vielleicht stirbt die sogar dran. So einen Scheiß will Westermann nicht kriegen. Die tickt doch nicht ganz sauber, die alte Schlampe.

Mal schauen, was heute in der Glotze läuft.

LEBENSZEIT UND WELTZEIT

Mit großem Elan hat sich der mittlerweile 23-jährige Abiturient, Paule K., vor fast 3 Jahren zur Arbeit des Tellerwäschers berufen gefühlt. Im Zuge seiner Ausbildung hat er dieses Handwerk immer mehr verfeinert und professionalisiert. Sein Chef war voll des Lobes für den Lehrling. Das gehört der Vergangenheit an! Seit einiger Zeit lässt sein Arbeitseifer zu Wünschen übrig. Der Kunde bittet um Rücksprache. Der Kunde will das Timing abpassen. Der Kunde wird zunehmend unzufrieden.

»Aber wo bleibt die Bezahlung?« Warten kann und will Paule jetzt nun wirklich nicht mehr. Seitdem immer noch keine Millionen auf seinem Konto sind, ist er ungeduldig. Ja, sogar schon etwas gereizt! »Also?! Wo bleibt die scheiß verdammte Kohle?!!!«

PROFIL, DIE ERSATZAUSGABE

Ein Mensch nimmt sich Leute, die er im Fernsehen bewundert, macht Fotokopien davon, setzt sich das als selbstgebastelte Maske über sein Gesicht und nennt das dann: sich Profil verschaffen.

Kinder spielen so etwas, denken und fühlen sich dabei in große Rollen hinein. Das macht Spaß. Es wird darüber gelacht. Dieser Mensch liebt heute das Internet, ʻdenn im Internet funktioniert das noch besser mit der Aneignung von Blaupausen. Mechanismen, zwischen Wunsch und Realität Unschärfen herzustellen, lassen sich hier perfekt optimieren. Seine Wünsche sind nichts geringeres, als der ewige Jungbrunnen: Ein Leben, das nur aus Jugend und aus Zukunft besteht. Diese Wünsche lebt er aus.

Aber wie heißt dieser Mensch eigentlich? Bei seinen Anmeldung auf Online-Plattformen hat er unter Vorname: »Herr« und unter Nachname »J.« angegeben. Sein Profilname ist »Carpe-Diem80«.

Herr J. (47) hat die vereinfachte Form der Profilaneignung wirklich zu schätzen gelernt und spricht ein Toast auf den technischen Fortschritt. Im Internet ist er 31 und sieht verdammt gut aus. Die schütteren Haare sind weg. Der Bauch auch. Auch die Arbeitslosigkeit.

Generell lässt sich sein ganzes Versager-Leben einfach retuschieren! So kann mit ein paar Mausklicks noch alles nach seinen Wünschen funktionieren. Für ihn ist das die perfekte Grundlage, hier Zukunft serienmäßig zu produzieren. Spaß macht ihm das auch. Aber er lacht heute nicht mehr so viel drüber, wie als Kind. Er nimmt sich schon ernst. Und: Herr J. fickt gerne.

DER HALBE WEG

Einmal die Woche geht Oma Altevogt (78) ihren Gerhard besuchen. Mindestens einmal die Woche, meistens aber mehrmals. Wenn es die Zeit zulässt und sie nicht irgendwelche Termine hat. In der Seniorengruppe. Im Chor. Beim Hausarzt, der ihr neue Pillen verschreibt, mit denen sie sich besser fühlen und den Geruch des Alterns, des Schmerzes und der Verwesung beseitigen soll. Natürlich klappt das nicht; trotzdem versucht er es immer wieder, der Arzt. Sie mag ihn, auch wenn er nur dazu da ist, ihr die Einsamkeit ein wenig zu vertreiben. Von der Abwesenheit von Gerhard abzulenken. Der Sonntag aber, das ist immer der feste Termin, an dem sie sich ganz ihrem Gerhard widmet.

Seit letztem Sonntag sind nun ganz andere Ärzte für sie zuständig. Fremde Ärzte. Vielleicht kommt ihr Enkel noch vorbei. Der ist auch bald Doktor. Das sagt er zumindest immer. Auf dem halben Weg zum Friedhof, mit Geranien und Gießkanne behangen, war sie gestürzt. Alles voll mit Blut. Mitten auf den Asphalt mit dem Gesicht.

Es sei die Schwindsucht, sagte die Nachbarin, die am Unfallort vorbei gelaufen ist, später bei Kaffee und Kuchen zu Frau Weißmann. Es sieht nicht gut aus, denken die fremden Ärzte. »Dem Gerhard wieder ein bisschen näher«, träumt Oma Altevogt. Bald liegt sie nicht mehr in diesem muffigen Krankenhaus, das den Leuten jede Lust am Leben nimmt. Ein Ort, an dem Menschen zum Vergammeln gelagert sind. Ein Ort, der bei ihr Sehnsüchte weckt, neben Gerhard gemütlicher liegen zu können. Der halbe Weg ist schon geschafft.

GROSSES KINO, GANZ

Berlin ist auch nicht mehr das, was es mal war. Seit seinem College-Abschluss lebt Joel Shimmer (24) nun schon in dieser Stadt. Das ist mittlerweile 2 Monate her. Gesehen hat er seitdem eine ganze Menge. Nur stimmen diese Orte nie mit den Bildern überein, die innerhalb seines Kopfes lagern. Und das sind wirklich schöne Bilder. Spannend und atemberaubend. Bilder, die seine Phantasie immer zum Leben gebracht haben. Bilder voller Dekadenz, des Abenteuers und des Untergangs. Bilder von The Wall und Fixern am Bahnhof Zoo. Von Underground und Endzeit.

Und jetzt steht er endlich am Drehort seiner eigenen Phantasie. Aber wo bewegen sich die Bilder, wo ist die Bühnenausstattung? Wo ist Christiane F. (16)? Wo sind David Bowie und Iggy Pop? Wo sind die illegalen Underground-Partys? Wo sind die Drogen? Wo ist der ganze Exzess?

Es liegt nicht daran, dass Joel nicht gesucht hätte. Durch die ganze Stadt ist er gelaufen. Immer und immer wieder. Tag und Nacht. Ausgeraubt haben sie ihn. Gefunden hat er ansonsten nichts. Aber verloren auch nicht. Noch nicht. Er wird weiter suchen. Damit diese Bilder in seinem Kopf endlich auch auf seine ganz persönliche große Leinwand kommen. Nur für ihn: Live in 3D und Farbe. Berlin soll so sein, wie es immer war. So, wie es immer in seinem Kopf gewesen ist.

Seinem alten Buddy Gregg sollte er mal eine Email schreiben, wie geil das hier alles ist. Dann kommt der. Zum Feiern. Da wird er mit ihm schon alles finden. Party on!

PÄDAGOGISCH NICHT WERTVOLL

Ein so unglaublicher Vorfall ist es, dass daraus eine Kino-Verfilmung hätte entstehen können. Oder zumindest eine Hörspiel-Fassung im Radio. Die Geschichte des kleinen Georgs (9), der eines Tages auf dem Nachhause-Weg von der Schule beim Gehen eingeschlafen ist, seitdem fieberhaft von den verstörten Eltern und einer aufgebrachten Polizei gesucht worden ist. Und kein Mensch ahnt, was passiert ist. Entführung oder Sexualverbrechen oder beides: Das Kind kauert ängstlich wimmernd mit verschmutztem Gesicht in der kalten, dunklen Ecke des Keller eines Vergewaltigers. Das sind die konventionellsten Spekulationen. Die Nerven liegen dementsprechend bei allen Beteiligten blank. Was keiner weiß: Dem kleinen Georg geht es gut. Georg ist beim Gehen einfach nur kontinuierlich langsamer gelaufen, immer verträumter, um dann friedlich einzuschlummern, während ihn seine Füße zwar langsam, aber beständig weiter durch die Stadt tragen. Und so geht der kleine Georg vielleicht heute noch umher, tief und fest im Land der Träume versunken. – Eine wahre Begebenheit.

Das eingeschaltete Jugendamt ist schwer empört, spricht von »Schwarzer Pädagogik« und beharrt darauf, dass kein Wort über diese Sache an die Öffentlichkeit getragen werden darf.

GEDANKENSPRÜNGE BEI FLIEßENDEM VERKEHR

Mit großer Eile überquert der Fußgänger Müller (33) die stark befahrene Hauptstraße, schlängelt sich zwischen dem Verkehr durch, als sich der Himmel auf tut und ihm ein Gedanke auf den Kopf fällt. Er fällt sicher und landet bequem, aber Müller ist unachtsam, muss sich auf die Autos konzentrieren. Er kann ihn nicht festhalten. Der Gedanke fällt ihm herunter, landet auf dem Boden, rollt über den Asphalt, dem Verkehr hinterher. Rollt und rollt und rollt und die vorbeifahrenden Auto beginnen zu bremsen und zu hupen. Sichtlich belästigt von einem Gedanken, der einem Passanten verlorengegangen ist.

HERR STROBELS VORSTELLUNGEN
VOM OUTSOURCING

Herr Strobel (45) hat überhaupt keine Einwände gegen die Kriegseinsätze des deutschen Militärs in Afghanistan. Wieso auch?! Herr Strobel ist weder Pazifist, noch Hippie. Er sitzt gerne zuhause auf dem Balkon und regt sich lieber über den Müll auf, der auf der Straße liegt.

Anstatt im Fernsehen Spielfilme zu schauen, bevorzugt er Fußball und Nachrichten. In den Nachrichten ist das Blut echt und gleichzeitig wie ein Spiel, das über 90 Minuten dauert! Er ist Fan von Verlängerung, Nachspielzeit und Nachtreten. Ausgesprochen interessant findet er den Gedanken, bei der kommenden Europameisterschaft ein bisschen ruhiger Fußball schauen zu können. Vor allem im Public Viewing, wenn ein Teil des Pöbels auf Auslandseinsatz ist, um die Deutschland-Fahnen in Afghanistan zu schwingen. Das bedeutet für ihn mehr Beinfreiheit sogar im Sichtfeld. Denn die Füße lassen sich dann ganz bequem über den Schwerpunkt des Körpers legen.

Deswegen plädiert Herr Strobel auch für eine sofortige Erhöhung der Quote deutscher Soldaten in Afghanistan, damit bis zur Eröffnungsfeier der EM auch der letzte Deutschland-Fahnen-Schwingende das heimische Sichtfeld geräumt hat. Und wenn sich das dortige Kontingent nach und nach auf natürliche Kriegs-Weise verringert hat, will er als Ausgleich die Nationalelf hinschicken, um die deutsche Ehre wenn schon nicht in Osteuropa, so doch wenigstens am Hindukusch zu verteidigen. Falls nicht Europameister, so doch wenigstens Afghanischer Meister.

Bei diesen finalen Gedanken beginnt Herr Strobels Stimme vor Begeisterung zu beben – seine Phantasien werden zügellos. Er träumt von heroischen Taten, die über 1000 Jahre in die Geschichte eingehen und die Welt in Ehrfurcht erzittern lassen sollen:

»Deutsche Fußballspieler an die Gewehre! Auf zum Hindukusch! Und wenn ihr auf den Feind trefft, so denkt dran: Gefangene werden nicht gemacht, Pardon wird nicht gegeben.«

STRAUCHDIEB!

Dem Geld ständig hinterher laufen zu müssen, hat K.A. (38) von der Pieke auf gelernt. Klischees können hierfür auch ohne falsche Hemmungen bedient werden: In armen Verhältnissen aufgewachsen, der Vater ist tot oder weggelaufen, vielleicht ein halbes Dutzend von Geschwistern, die genauso wenig taugen. Passt ja. Dazu eine beengte Wohnung mit viel Lärm zuhause. Die Mutter hat regelmäßig die Sozialhilfe versoffen.

In der Schule ist auch nix los gewesen, was ihn angefixt hätte – lieber schwänzen und mit Messer in der Hand morgens die Kohle von den Mitschülern abzocken auf deren Weg in die Langeweile des Mathe-Unterrichts. Beim dritten oder vierten Mal hintereinander Erwischt-Werden ging es dann ab in den Jugendknast, nachdem Blut geflossen war. Das Ergebnis: Kein Schulabschluss, keine Lehrstelle. Kein Geld, kein Bock – aber der Zwang, Geld auftreiben zu müssen. Diesmal aber alles ganz anders und viel einfacher: Die Touristen abziehen, die so dämlich sind, nachts alleine durch dunkle Parks zu laufen oder übermüdet an einsamen U-Bahnhöfen herum sitzen. Ein Glück, dabei dann nicht auch noch erwischt worden zu sein. Geschult ist das der langfristigen Perfektionierung seiner Kunst des

Klauens. Nochmal im Knast zu landen; da wären auch dutzende Sozialpädagogen nervös auf ihren Stühlen hin und her gerutscht, hätten Probleme gewälzt, um daran zu arbeiten. Um sich an *ihm* abzuarbeiten. Sie hätten biographische Hintergründe bedacht und gesellschaftliche Verhältnisse. Hätten Stoff für einen Kinofilm ohne Happy End in meterdicken Aktenordnern produziert. Einen schlechten Kinofilm, weil es solche Geschichten tausendfach gibt. Als ob es irgendwo eine Fabrik gibt, die solche in Massenproduktion herstellt. Keine Traumfabrik, vielmehr eine Sozialdrama-Fabrik.

Das lässt sich jetzt alles sparen, denn es gibt ein Happy End. Einen Traum, den er ausleben kann: K.A. erwischt jetzt andere. Er hat einen Vollzeit-Job. Unbefristetes Arbeitsverhältnis. Die Zeiten haben sich geändert, nicht nur für K.A. – Die Gesellschaft ist fortschrittlicher geworden. Der Beruf des Strauchdiebes ist, nachdem er jahrhundertelang ein Nischendasein in der Illegalität gefristet hat, endlich salonfähig geworden.

K.A. kann seine jahrelangen Erfahrungen einbringen, um als U-Bahn-Kontrolleur ahnungslosen Reisenden ganz legal das Geld aus der Tasche zu ziehen. Dafür nimmt er es dann auch in Kauf, regelmäßig seine Sozialabgaben zu zahlen.

FERIEN IM ICH

Die ewige Liebe hätte es sein sollen, eine lange Ehe ist es geworden. Gut, wer heiratet heutzutage auch noch mit 21 Jahren. Außer soziale Unterschichten, aber die zählen ja nichts, denn die wissen es nicht besser. Annika (43) und Jens (43) wussten es besser, hatten eine gute Ausbildung, solide Einkünfte. Die Innigkeit war zu intensiv. Unendlich! Seit der Kindergartenzeit kannten sie sich und waren seitdem ein Herz und eine Seele, unzertrennlich. Also wieso nicht heiraten und herausfinden, wie lange Unendlichkeit dauern kann?

Diese Unendlichkeit dauerte 11 Jahre. Dann war Schluss. Still und leise. Auch wenn der Aufprall auf dem Boden der Tatsachen für beide hart war. Trennung. Scheidung. Einfach so. Trotz gebautem Haus, trotz jährlichem gemeinsamem Urlaub im Süden, trotz gemeinsamer Hobbys. Ein Zusammenwachsen par excellence. Es war ein Fühlen als Plural, ein Leben als Plural. Alles gemeinsam machen. Füreinander da sein. Zusammen sein. Zusammenhalt. Eine Idylle und eine Harmonie sondergleichen. Keiner war mehr von dem anderen zu unterscheiden. Beide waren zusammen gewachsen und miteinander verwachsen, was das ganze Umfeld sehen konnte: Annika sah aus wie Jens und Jens sah aus wie Annika, was niemanden störte, auch wenn es manchmal zu Verwechslungen geführt hat.

Nun musste alles wieder auseinander dividiert werden. Mühselig. Gesucht haben beide beim »wir«, sehr lange. Gefunden haben sie nichts, sind unabhängig voneinander zum Psychiater, der exakt darin das Problem erkannt hat: Nichts zu finden. Das »Ich« konnte er bei beiden nicht mehr finden. Ferien seien angebracht. Ein Attest hat er dafür ausgestellt.

Jahre nachdem sie sich aus den Augen verloren hatten, treffen sich Annika und Jens zufällig auf der Straße wieder.

Nach der Trennung war sie zunächst Tierschützerin geworden, suchte dann den Sinn des Lebens, ist nach Indien geflogen und hat ihn darin gefunden, sich erleuchten und in einem Ashrahm schwängern zu lassen. Sie lebt jetzt streng vegan.

Jens fühlt sich seitdem wie in den Ferien. Hat jahrelang junge Osteuropäerinnen mit Heiratsversprechen ins Bett gelockt. Was aus den Frauen geworden ist, kann er jetzt aber auch nicht sagen. Interessiert ihn auch nicht. Denn jetzt leitet er eine Bürgerinitiative, die mit dem Slogan »Schalte dich ein – Ordnung muss sein« für Law and Order und Rassismus wirbt.

Beide haben noch das Attest vom damaligen Psychiater in ihrer Hosentasche und zeigen es bei Bedarf auch jederzeit vor.

SAISON DER REGENSCHIRME

Den ganzen Tag regnet es! Menschen fallen in Tröpfchenform aus dicken, schwarzen Wolken heraus, klatschen auf die Dächer und den Erdboden zwischen Häuserschluchten.
Räumungsfahrzeuge sind damit beschäftigt, die Straßen von den Leichen zu säubern. Ein Penner pinkelt in den Kinderwagen von Frau Schulz. Das Baby drückt seine Zigarette aus. Die Bäckerin sagte gestern noch, wenn es morgen regne, werde sie sauer. Jan-Peter Spenkuch (40) hat den Vorhang in der Küche seiner Maisonette-Wohnung zur Seite geschoben und beobachtet durchs Fenster schaulustig dieses Szenarium. Gerne würde er jetzt rausgehen, um unmittelbar am Geschehen teilzuhaben, aber seine Körpergröße ist dafür gänzlich ungeeignet. Denn dieses Wetter bedeutet auch immer Initialzündung für zahllose junge Damen, ihre Regenschirme spazieren tragen. Regenschirme, deren Ösen Jan-Peter im dichten Regenschirm-Verkehr regelmäßig ins Auge piksen.

DER SINN DES LEBENS ODER NOTIZEN AUS DEM PAPIERKORB EINER PRAXIS FÜR ALLGEMEINMEDIZIN

Immer wenn Dr. med. G. Trätsch (47) Mittagspause hat, macht sie sich Gedanken. Gedanken, was aus ihrer Karriere hätte werden können. Wenn die Kinder damals nicht gekommen wäre. Oder ihr Ex-Mann, der Idiot. Zuschwatzen hat sie sich von ihm lassen, sich in diesem Kaff niederzulassen. Studenten-Stadt. Pah!

Anstatt in Berlin zu bleiben oder nach München zu gehen. Oder, ganz mondän, an den Chiemsee oder ins Tessin. Etwas Edles und vornehmes zu machen im Bereich kosmetischer Medizin, wo die Leute mit Geld kommen und mit Stil gehen. Das wäre es gewesen! Stattdessen ist es eine ordinäre Praxis für Allgemeinmedizin geworden. Leute kommen mit Wehwehchen und Placebo-Ideen, um Krankschreibungen heraus zu schinden. Leute kommen ohne Stil und ohne Geld und gehen auch so wieder. Diese Leute sind nur Hippies und Kommunisten und teilen ihre höheren Ideale in keinster Weise, Schönheit medizinisch herzustellen.

Ja, Hippies & Kommunisten sprechen der Kosmetischen Chirurgie jegliche Existenz-berechtigung ab. Als Fußnote klammern sie natürlich nur die Unfallopfer aus.

Dagegen geht es ihr ganz allgemein um rein kosmetische Fragen, bei der sie die Geburt eines jeden Menschen schon als einen ästhetischen Unfall versteht. Der Kommunist und der Hippie empfinden in ihrer lächerlichen Ablehnung nicht aus subjektiven Gründen, nicht aus Fragen des persönlichen Geschmacks. Sondern fühlen sich berufen im Namen von »Moral«, »Guter Gesinnung« und des »Freien Geistes« und sind bemüht, diese Begriffe für sich markenrechtlich schützen zu lassen. Sie argumentieren mit der Sittlichkeit und gegen die Normierung von (Schönheits-) Idealen.

Hippies & Kommunisten glauben, die Weisheit mit Löffeln gefressen zu haben!

Hippies & Kommunisten sind von niemandem um ihre Meinung gebeten worden!

Hippies & Kommunisten sollen die Schnauze halten!

Kosmetische Chirurgie bedarf überhaupt keiner Rechtfertigung! Seitdem die Maschine erfunden worden ist, wird Schönheit auch maschinell hergestellt – Punkt! Das infrage zu stellen bedeutet: über 200 Jahren Geschichte der Technik und der Wissenschaft und damit auch den Fortschritts zu negieren. Und: Es geht um die Anerkennung der Hässlichkeit der Natur. In welchem Jahrhundert leben Hippies & Kommunisten denn eigentlich?

Oh, Mittagspause ist schon wieder vorbei?! »So, der nächste, bitte. Guten Tag. Was fehlt ihnen denn?«

DER MÖWENFLUG

Ein Rotzbengel fragt einen Mann mittleren Alters*, der an der Kasse eines Supermarktes wartet, was der denn alles in seinem Stoffbeutel habe. »Da sind die ganzen Sachen drin, die ich gleich klauen werde.« Die Kassiererin glotzt unbeteiligt und popelt in der Nase.

Eine Möwe fliegt vorbei und scheißt dem Rotzbengel auf den Kopf. Das Tier segelt weiter in die Drogerie-Abteilung. Der Bengel flennt. Der Mann mittleren Alters verschwindet in der Garderobe.

* Name von der Redaktion geändert

ALLES NUR WERBUNG

Jenny (18) klingelt bei Wolf, bei Meyer, bei Kalucza, bei Yildrim, bei Hempel, bei Kowalczyk, bei Lippert, bei Manolescu.

Auch wenn es Montag morgens um 9 Uhr ist — die können doch nicht alle arbeiten sein.

Jenny wäre jetzt auch lieber arbeiten. Richtig arbeiten. Nicht nur Werbeprospekte verteilen. Jenny schaut auf ihr iPhone. Eine Nachricht ist gerade angekommen. Ein neues Angebot zu ihrem Handy-Vertrag. Das ist alles.

ZUHAUSE ZUR UNTERMIETE

Die Wohnungstür! Die muss das erste Mal hinter ihm zufallen, wenn Frank P. (25) wieder eine neue Wohnung zur Untermiete gewonnen hat. Erst dann kann er sich wieder lebendig fühlen! Nur zur Untermiete, weil seine Einkünfte zu schwach und zu unsicher sind, um seriös einen festen, unbefristeten Mietvertrag zu bekommen. Zur Untermiete bekommt er eher mal eine Zusage, wirkt nett und sympathisch. Frank kann das Geld für die Miete, das er sonst nie hat, jedem potentiellen Vermieter bar unter die Nase halten (und tut das auch). Das wirkt. Auch seine Augen, die immer irgendwie traurig aussehen. Er vermittelt Ruhe. Ein Wesen, das immer gutmütig, immer sanft und zart und friedlich daher kommt. Ein Wesen, das vom Schicksal gebeutelt ist.

Wenn die Wohnungstür das erste Mal zufällt und Frank ungestört ist, wird seine Nase länger und länger. Sie wird groß und mächtig, wächst mehrere Meter aus seinem Kopf heraus, nimmt jeden Geruch auf. Jeden! Wie ein Hund. Saugt ihn auf wie ein Staubsauger, saugt ihn tief in sich ein, wittert Unreinlichkeiten auf dem Klo, atmet das Leben fremder Menschen aus dem Wohnzimmer, schlängelt sich durch die fremden Räume, erschnüffelt in den längst gewaschenen Bettüchern den Schlaf vergangener Nächte, spürt Wasserflecken auf dem Geschirr. Riecht jede Markierung, riecht und riecht und gerät in Ekstase, während der Körper auf dem Boden liegt, die Hand tief in der Hose vergraben und Frank masturbiert. Immer wieder. Bis alles aufgerochen ist von dem fremden Leben. Bis eine neue Wohnung gefunden ist, eine fremde. Zur Untermiete. Um Zuhause zu sein, in der Fremde.

DIE DOPPELSIEG-STRATEGIE

Herr Esel (30) lässt sich beim Autokauf gerne übers Ohr hauen. Besonders geschätzt ist bei ihm derjenige Händler, welcher auf der einen Seite möglichst viel Geld aus seiner Tasche zieht, ihm aber gleichzeitig das Gefühl vermitteln kann, er habe das Geschäft seines Lebens gemacht.

Hoch im Kurs ist derzeit ein junger, aufgeschlossener Verkäufer der ihm für seine Eselsohren gegen »geringfügigen Komfort-Zuschlag« zwei Schlitze in das Dach des neuen Autos einbauen lassen will. Dabei wird er nicht müde, zu betonen, wie notwendig dies zur Unterstreichung des Fahrgenusses sei, wenn sich nämlich letzten Endes wirklich *alle* Körperteile in einer feudalen Position aufgehoben fühlen können. Besonders bei solchen prachtvollen Ohren, wie denjenigen von Herrn Esel sollten da keine Abstriche gemacht werden.

Herr Esel muss bei so schönen Worten vor freudiger Aufregung pinkeln, wäscht sich anschließend seine Hände und betrachtet dabei lächelnd seinen Kopf im Spiegel. Besonders seine Ohren. Mit seinen Fingerspitzen streichelt er zärtlich darüber. Wie von selbst bahnt sich sein gebündeltes Geld den Weg aus der Hosentasche und schwebt lautlos dem Verkäufer entgegen.

IM KAMPF GEGEN ANARCHIE UND CHAOS

Peng! Im Stadtpark zur belebten sommerlichen Jahreszeit knallt die nächste Sicherung bei Helmut A. (66) durch. Sein Kopf ist sein Leben lang hoch beansprucht worden.

Seit dem Tod von Elfriede (†62) fing es zunächst ganz harmlos an, dass er das Rasieren vernachlässigte. Später das regelmäßige Waschen der eigenen Kleidung und das Reinigen des eigenen Körpers – wobei Hygiene ihm früher doch so wichtig gewesen ist. Verwundert waren Nachbarn, dass er sie nicht nur nicht mehr grüßte, sondern sie auch gar nicht mehr erkannte. Ja, sie sogar mit Formulierungen traktiert hat, die hier aus Gründen der Sittlichkeit keine Erwähnung finden sollen. Und nun das: Eltern halten ihren Kindern die Augen zu. Polizei und Krankenwagen sind alarmiert und greifen den versifften Rentner auf, nachdem er zunächst wild gestikulierend mit einem Mülleimer diskutiert, diesen dann mit Tritten und blutenden Fäusten zerlegt hat. Der Blick ist manisch, als er mit dem zerbeulten und aus seiner Fasson gebrachten Stück Metall vor den Nasen ahnungsloser Passanten umher fuchtelt und diese aufs Übelste beschimpft.

Nach 66 Jahren eines anstrengenden Lebens ist so ein Verhalten auch kein Wunder. 66 Jahre, in denen sein Kopf ununterbrochen damit beschäftigt gewesen ist, sich und seine soziale Umwelt zu ordnen, zu strukturieren, zu säubern und frei von Anarchie und Chaos zu halten. Als Erstgeborenes von 5 Kindern hat das schon in frühesten Jahren angefangen. Zerrüttete Familienverhältnisse, einziger Mann im Haus. Später, während des Studiums in ███████████ wachsen seine Vorstellungen von Zusammenhalt und Hygiene – im Kampf gegen Hippies und Kommunisten für eine ordnungsgemäße Durchführung des Universitätsbetriebs. Besonders aber bei ████████, dem größten Unternehmen in dem Bereich der ████████████████████, bei dem er bis zu seiner wohlverdienten Rente als Leiter der Finanzbuchhaltung tätig gewesen ist.

Aber auch ohne Kenntnis seiner Biographie ist die Diagnose herbei geeilter Ärzte schnell klar: Überlastung der Gehirnaktivikät. Mit einem sauberen Schlag wird der Kopf ambulant vom Rumpf getrennt, der nun entspannte Körper mit Attest in der Hand und Überweisung zum Nervenarzt in den Feierabend entlassen. Seitdem sitzt Helmut A. in seiner guten Stube und trinkt einen Beruhigungstee. Das abgeschlagene Haupt ist zunächst von den Medizinern über den Asphalt zum nahegelegenen Krankenhaus gerollt worden und nimmt seitdem ein Bad in Formaldehyd.

NOTSCHLACHTUNG

Die körperlichen Verschleißerscheinungen nehmen bei Gisela P. (45) ungeahnte Ausmaße an. Fleisch und Knochen gehen ihr allmählich in die Binsen. Drei Zähne sind schon gezogen worden, die Gebärmutter wurde vor 5 Jahren entfernt. Jetzt wird ihr Fuß aufgesägt. Es soll ein Stück vom Knochen herausgeschnitten werden. Und als nächstes lösen sich die Gedärme und Innereien aus der natürlichen Verankerung, fallen heraus und wollen ersetzt werden. Dann steht irgendwann eine Notschlachtung an. Ganz bestimmt! Gisela P. wacht mit einem miesen Gefühl aus der Narkose auf, blickt an ihrem Körper herunter und denkt »Scheiß Biologie!«

IDEEN, VERLAUFEN

Ein kleiner Spaziergang, nichts weiter. Kreuzberg, mal am Kanal entlang. Es gibt auch schöne Ecken in Neukölln. Vielleicht noch später ins Café oder ins Kino. Tina oder Mark treffen. Der Görlitzer Park ist abends auch ganz nett, aber immer überfüllt mit Berlin-Touristen und Drogendealern. Er könnte ein Buch drüber schreiben. Christian (28) kommt beim Spazieren aus dem Nachdenken nicht mehr raus. Immer neue Ideen kommen ihm. Dass er gar keinen Überblick mehr hat, wo er sich befindet, merkt er erst nach Stunden. Irgendwo in der Nähe vom Hauptbahnhof in Düsseldorf muss er jetzt wohl sein. Grob gesagt. Wie die Zeit doch vergeht, wenn Ideen sich verlaufen.

LICHTERGLANZ IN DER DÄMMERUNG

Die Wege der Liebe sind tief und unergründlich. So unergründlich, dass Linda (44), ewig Unverheiratete, bereits seit ihrem 17.Lebensjahr von dieser ersten Begegnung träumt. So real und intensiv, als wäre es gestern gewesen. Einer Begegnung, die ihre Augen für die Liebe geöffnet hat. Eine unstillbare Sehnsucht ist geweckt worden, welche sie seitdem durch die Irrungen und Wirrungen ihres alltäglichen Wahnsinns trägt. Eine Sehnsucht nach der zweiten Begegnung. Die zweite Begegnung, darauf wartet sie. Wenn nötig, den Rest ihres Lebens. Denn die Hoffnung auf ein Wiedersehen wird sie nicht aufgeben. Niemals.

Für diese Liebe ist ihr ganzes Leben umgekrempelt. Die Wohnung ist schon für zwei Personen fertig eingerichtet, falls er denn bei ihr leben will. Alle Eventualitäten sind einkalkuliert. Im Bett wärs ihm wohl zu dunkel. Aber ihr Liebster könnte in der Badewanne wohnen. Zum Frühstück bekäme er jeden Morgen die aktuelle Tageszeitung und an Feiertagen die Klassiker der Literatur und der Philosophie: von Swift über Beckett bis Platon und Descartes. Um Licht in die Dämmerung zu bringen. Und wenn die Herrn Nachbarn kommen, sich wieder über den Lärm beschweren, schlägt er sie alle in die Flucht. Es werde Licht und alle Menschen werden sehen, dass es gut sein wird. Eine Schar nackter Putten soll über ihrem Haupt schweben und einen Chor anstimmen, wenn er zurück kommt. Wenn er zurück kommt und die Hochzeitsglocken zu läuten beginnen. Für Linda und ihren geliebten Kugelblitz.

DRINGENDE ANGELEGENHEITEN

Eine kostenlose Suppenküche in der Vorweihnachtszeit kann Wirkungen hervorrufen wie ein fliegender Bananen-Händler in einer ostdeutschen Kleinstadt anno 1990: Massen-Anstürme, die für alle Beteiligten Stress produzieren. Stress durch Angstgefühle, Letzte zu sein oder zumindest nicht zu den ersten zu gehören, die ihren Bauch warm und glücklich gefüllt bekommen.

Die Alten und Schwachen dieser Gesellschaft lassen sich an einem solchen Produktionsherd der Hektik besonders schnell anstecken, was zu Hyperventilation führen kann. Wie bei den zwei ADHS-Kindern (4 und 6) einer sichtlich überforderten Mutter (23), die hier ein Eigenleben entwickeln und chronisch aus der Reihe tanzen. Zanken. Schreien. Kreischen. Toben.

Hierdurch wird der Fluss des Nachrückens der Warteschlange unterbrochen. Eine Lücke entsteht! Die Chance, welche sich Opa Gradisch (69) mit Ehefrau Anneliese (65) nicht entgehen lässt: Schnell schieben sie sich an den Dreien vorbei in den freien Raum hinein. Schließlich haben sie es eilig und noch sehr dringende Angelegenheiten zu erledigen. Anneliese hat ihre Beine an den warmen Ofen zu halten. Und der Opa hat noch gewichtige Geschäfte auf der heimischen Toilette zu erledigen, die keinen Aufschub dulden.

Die Alten sind schon siegessicher, wenn nicht die Mutter ihrer Niederlage wenigstens durch Empörung Ausdruck verleihen würde: »Hey, da stand ich aber! Das war mein Platz!« – Eine Empörung, die von den neuen Kandidaten auf die schnelle Befriedigung kulinarischer Genüsse souverän weggewischt wird: »Pech gehabt!!« – »Frechheit!« – »Dann passen sie doch besser auf!« – Ein Wort folgt aufs nächste. Die disharmonischen Schwingungen werfen auch akustische Wellen auf die weiter vorne Wartenden. Besonders ein junger Mann im Lodenmantel bekommt diese Welle wie einen Faustschlag direkt ins Rückgrat und fühlt sich sichtlich in seinem der Zukunft zugewandten Blick behindert. So dass die Notwendigkeit, hier zu intervenieren, für ihn den Charakter unaufschiebbarer Dringlichkeit erhält. Blitzartig dreht er sich um! Die Augen funkeln blutrot – den erhobenen Zeigefinger vor Opa Gradischs Nase fuchtelnd. Mit bebender Stimme intonierend platzt ein Donnerwetter aus ihm heraus:

»WAS BILDEN SIE SICH EIGENTLICH EIN, SIE FLEGEL! WAS GLAUBEN SIE DENN, WO WIR HIER SIND! HABEN SIE KEIN BENEHMEN GELERNT?! DIE ALTEN LEUTE VON HEUTE SIND AUCH

NICHT MEHR DAS, WAS SIE MAL WAREN! FRÜHER WÄRE SOWAS NICHT PASSIERT. DA GAB ES NOCH ZUCHT UND ORDNUNG. DA KONNTEN SICH DIE ALTEN LEUTE NOCH BENEHMEN. FRÜHER WÄRE SOWAS IM ARBEITS-LAGER VERSCHWUNDEN.«

Die Stimme erfüllt den gesamten Raum. Mit Tränen in den Augen starren die Zurecht-gewiesenen gebannt auf den Jüngling. Fassungslos. Regungslos.

Als Ehefrau Anneliese wieder langsam zur Besinnung kommt, ist ihr erster Gedanke, mal wieder die Adenauer-Büste im heimischen Wohnzimmer auf Hochglanz polieren zu können. Das ist jetzt wirklich dringend.

POSTTRAUMATISCHE
BELASTUNGSSTÖRUNGEN

Na klar, eigentlich wollte Mike (33) Fußball-Profi werden. Im Trikot der Nationalelf Deutschland zu Ruhm und Ehre schießen. Das war sein größter Jugendtraum seit dem kläglichen WM-Ausscheiden 1994 gegen die verkappten Kommunisten aus Bulgarien. Was für eine Blamage!

Die Jugend in den 90er Jahren war für ihn keine einfache, der Weg daraus eine harte Belastung, aber erfolgversprechend, als Talent-Scouts einer bekannten Bundesliga-Mannschaft auf den beinharten Verteidiger aufmerksam geworden waren. Den Sprung zu den Großen hätte er locker packen können, hat er aber nicht. Knieprobleme. Die Großen waren dann in Afghanistan – große Herausforderungen. Denn stattdessen wurde er bei der Bundeswehr genommen; mit Vertrag für 10 Jahre. Hier hat er zumindest das mit dem Schießen und das mit dem Verteidigen fortsetzen können; die große Karriere dagegen nicht. Zu groß die physischen Belastungen, zu groß der psychische Stress. Die Nerven, sagt man.

Seit seiner Rückkehr nach Deutschland berichten Medien deswegen ständig über sein Privatleben. Nicht über seine Verteidigungsschwächen. Nicht über seine Schusskraft.

Sondern sie berichten ausschließlich darüber, ob er jetzt nun Bettnässer sei oder nicht. Da hätte er doch sogar noch besser damals gegen Bulgarien spielen sollen, als jetzt gegen Afghanistan. Gegen Bulgarien hat Klein-Mike das erste mal eingenässt.

ÜBER EINE CHOREOGRAPHIE DER UNMITTELBARKEIT

Festgestellt worden ist dieses seltene medizinische Phänomen bei Annalena P. (29) nur zufällig während der Nachuntersuchung zu einer Blinddarm-OP im Alter von 21 Jahren. Ihre Bemühungen in der Folgezeit, dies als Allergie offiziell anerkennen zu lassen und eine Berufsunfähigkeitsrente zu erhalten, stellt sich als Kampf gegen die Windmühlen der Bürokratie heraus. Auch Mediziner zeichnen sich eher durch Desinteresse an ihrem doch so seltenen Fall aus und tun es als »leichte Neurose« ab. Aber Annalena P. bleibt dabei, es *ist* eine Allergie! Eine Allergie gegen menschliche Nähe.

Denn das Gefühl, das sie jedes Mal befällt, wenn ihr Menschen zu nahe kommen, ist pathologisch: Ein Gefühl im Bauch. Ein Gefühl, groß und stark und intensiv. Ein Gefühl, das muss raus. Raus aus ihrem Bauch. Die allergische Reaktion verläuft immer nach demselben Schema: Sie muss bei unmittelbarer Berührung von einem anderen Menschen akut brechen. Unangenehm ist ihr das immer gewesen. Nachdem ihre erste Arbeitsstelle sie gefeuert hatte, wollte sie trotz ansonsten ausgezeichneter Referenzen kein neuer Arbeitgeber einstellen, wenn sie ihm am Ende eines jeden Vorstellungsgespräches den Mageninhalt auf die Schuhe entleert hat. Begleitet von dem immer wiederkehrenden seltsamen Gefühl der Kombination von Frust und Befreiung, etwas Dringendes losgeworden zu sein. In einem Alltagsleben, das von der Kunst geprägt ist, Menschen auf Distanz zu halten, die Allergie zu vermeiden.

Aber irgendwann wollte sie sich nicht mehr vor der Menschheit verstecken. Den Frust in einem kontrollierbaren Rahmen zu halten und andererseits Gefühle der Befreiung zu kultivieren, dabei das Exklusive hervor zu heben, hat sie in Bereiche der Bildenden Künste vordringen lassen. In der Disziplin der Streetart ist sie dabei aktiv. Besonders nachts im Verborgenen und an den Wochenenden sind im öffentlichen Raum die Spuren ihrer künstlerischen Choreographien zu besichtigen. Auf den Gehwegen, in den U-Bahnen, an belebten Plätzen und am Rande von Massenveranstaltungen. Demnächst soll eine größere Ausstellung in einer Berliner Galerie geplant sein.

FAHRPLANÄNDERUNGEN

Die erste längere Reise des frisch ausgebildeten Facharbeiters Jonas P. (20) steht auf dem Plan: Komplett selbst organisiert. Nix mit Eltern oder Freunden. Kein Jugendferienlager oder so ein Scheiß. Sondern ganz alleine! Nix wird abgenommen an der Organisation des ganzen Pipapo. Aber grad das bringt ja auch den Kick. Selbst organisiert und aus eigener Tasche. Do it yourself, baby. Mit Rucksack kreuz und quer durch Deutschland. Jetzt wartet die große weite Welt!

Denn abenteuerlich ist es besonders dann, wenn jemand vorher kaum alleine aus seinem Scheiß-Kaff raus gekommen ist. Abenteuerlich ist auch das ständige Umsteigen an den verschiedensten Bahnhöfen der Republik. Umständlich. Aber bei 25 Minuten Umsteigezeit auch genügend Spielraum, sich seiner Nikotin-Sucht hinzugeben. Genug Zeit, solange die Züge nach Fahrplan fahren…! Der innere Drang, der Jonas P. vors Bahnhofsgebäude treibt, ist nämlich größer als der Kontroll-Drang, vorher auf die Uhr zu schauen. Das wird dann bei der Zigarette nachgeholt: »Scheiße!!!« – Der anschließende Sprint zurück auf den Bahnsteig bringt nicht mehr als Frust ein, der Anschlusszug fährt vor seiner Nase weg. »Erstmal eine drauf rauchen…« Aber das Zeitgefüge ist durcheinander. So wird dann auch der nächste Zug verpasst. »Lächerlich! Darfste keinem erzählen!« Diesen Ärger sofort mit einer Kippe beruhigen. So geht das immerzu weiter. Die Züge fahren immer wieder direkt vor seiner Nase ab. Jedes Mal: Knapp verpasst! Und so steht Jonas P. auch jetzt noch Jahre später alleine an irgendeinem verschissenen Bahnhof zwischen Flensburg und Garmisch und füllt sein Leben damit aus, eine Kippe nach der anderen zu qualmen und einen Zug nach dem anderen zu verpassen.

VERPACKUNGSHÖHE TECHNISCH BEDINGT

Der Hochsommer ist die prädestinierteste Zeit dafür, Insekten als die Plage der Menschheit zu empfinden. Mücken kreisen um die Ohren. Spinnen weben überm Kühlschrank. Wespen fliegen in Limonaden und stechen Rotzbengeln in den Hals. Das Resultat: Notaufnahme und Nervenzusammenbruch bei den Erzeugern. Die Forderung: Todesstrafe für Kinderschänder! Eine solche Empörung hat sich bereits in der Gründung von Dachorganisationen wie der *Liga gegen Insekten* und dem *Verband deutscher Insektenvernichtungsmittelfreunde* kanalisiert, welche auf dem Dienstweg die vollständige Vernichtung allen insektoiden Kleinstgetiers fordern.

Aber jede Bewegung erzeugt eine Gegenbewegung. Die Jung-Unternehmerin Johanna Brandtner (28) führt eine Gruppe von vorrangig Absolventinnen höherer Töchterschulen an, die mit einer großen Medien- und Werbekampagne die Gegen-offensive starten – zum Schutz vor der drohenden Vernichtung und als öffentliche Forderung des Aufbaus eines Bundes-ministeriums für Insektenschutz. Agiert wird vordergründig zur Image-Aufwertung mit großspurigen Plakaten auf öffentlichen Plätzen deutscher Städte. An erster Stelle stehen hierbei

Motive von Bienen als Krönung der Insekten-Welt.

Bienen mit Sexappeal.

Bienen, die locker abhängen.

Bienen, die cool und entspannt daher kommen.

Bienen, die keinen Dreck machen.

Bienen, die sich schick als Haustiere in der Wohnung halten lassen.

Bienen, die auch mal locker über die Ferien bei Oma gelassen werden können.

Johanna Brandtner hat dieses Konzept nachhaltig geplant, Bienen sollen in Zukunft auch als Verkaufsstrategie publik gemacht werden. Als Vermarktung von Bienen für den Hausgebrauch. Bienen in Gläsern verkauft, biologisch einwandfrei. Circa 20 Stück pro mittelgroßes Marmeladenglas. Verkauf in jedem gutem Bio-Supermarkt. Verfallsdatum muss noch nicht mal drauf, denn es ist ja gut erkennbar, ob die noch herum schwirren oder bereits am Boden vergammeln. Aber der Hinweis gehört auf das Etikett: »Verpackungshöhe technisch bedingt«.

DIE RECHNUNG

»Die Rechnung wurde von ihnen nicht bezahlt. Über Monate nicht«, plärrt die Stimme aus dem Telefonhörer. »Da dürfen sie sich nicht wundern, wenn wir ihnen unsere Dienste vorübergehend abstellen. Solange, bis ihr Konto bei uns wieder ausgeglichen ist.«

Frau Schmidt-Nagel (34) versichert, sie habe das nicht mit Absicht getan. Bei den ganzen Rechnungen, die ständig ins Haus flattern: Rechnung für Strom, für Gas, für Miete, für Lebensversicherung, für Hausratsversicherung, für Haftpflichtversicherung, für den Handy-Vertrag, für das Zeitungsabonnement und so weiter und so fort. Da kann es doch mal passieren, die Überweisung für die Fein-justierung der Schwerkraft in ihrer Wohnung zu vergessen. Schließlich dachte sie auch, das liefe zusammen mit ihrem Dauerauftrag für Licht und Luft und sei damit bereits an die Stadtwerke bezahlt worden.

Aber jetzt hat sie den Salat. Seitdem die Schwerkraft nicht mehr richtig funktioniert, fällt alles runter. Eben, kurz vor dem Anruf ist sogar der Spiegel zerbrochen. So geht das nicht weiter! Also, bitte, sofort die Sperrung aufheben. Den Betrag wolle sie noch heute überweisen.

Die Sachbearbeiterin notiert sich das in ihren Computer und will sehen, was sie tun kann.

THIS IS BERLIN WINTER – IS THERE ANYBODY OUT THERE?

Berlin ist ja bekanntlich immer eine Reise wert – besonders im Winter, wenn die frisch importierte klirrende Kälte aus Russland eingetroffen ist und sich wie ein Teppich über die Stadt legt.

Für den Eingeborenen Rupert K. (38) wird dieser Genuss allerdings getrübt. Denn ganze Touristenströme verstopfen Straßen und Gehwege und gehen ihrer Lieblings-beschäftigung nach: Im Weg zu stehen. Niemand fühlt sich dafür verantwortlich, die Menschenmassen dann jedes Mal wieder wegzuräumen. Auf der anderen Seite ist für die Auswärtigen, im Besonderen die aus wärmeren Gefilden, die extra wegen des kalten Klimas in die Stadt strömen, der Besuch oft mit großem zeitlichem und finanziellem Aufwand ver-bunden.

Eine Lösung für das Problem, die beide Seiten zufrieden stellen soll, ist jetzt auf den Markt gekommen. Eine Maschine, die den Berlin-Urlaub im Winter auf der ganzen Welt möglich macht – ein umgebauter Haushaltskühlschrank in den Maßen 200cm x 100cm x 100cm. Innen komplett mit Flachbildschirmen designt. Inklusive eines eingebauten, stufenweise regulierbaren Laufbandes mit Steh- und Flaniermöglichkeit. Ebenso mit einem Schaltpult, über das die eingespeisten Berlin-Programme abgespult werden können: Vom »Standard«-Programm (Kurfürstendamm, Unter den Linden, Reichstag, Potsdamer Platz), bis »szenig« (Prenzlauer Berg, Kreuzberg) und »urig« (verkeimte Weddinger Eckkneipe).

Wer die absolute Superlative sucht und den virtuellen Trip noch intensiver ausleben will, kann zusätzlich diverse Berlin-Utensilien erwerben: Von Mauerresten (Brocken für 30,- Euro Aufpreis) bis zu echten Weddinger Hunde-Exkrementen (100g/10,- Euro). Und für auserlesene Kundenwünsche: Gebrauchte Junkie-Spritzen vom Bahnhof Zoo – original aus den 70er Jahren (Stück/89,99 Euro). Das lässt sich dann alles schön auf dem Kühlschrank-Boden verteilen um das authentische Berlin-Feeling *noch* authentischer zu machen!

So können auch sonnenmüde Tuaregs der Sahara und gestresste Cocktailbar-Betreiber auf den Bahamas jederzeit ohne Aufwand in den Genuss eines schönen Berliner Winterurlaubs kommen. Wann und wie sie wollen.

Auch Rupert K. überlegt sich eine Anschaffung eines solchen Gerätes für harte sommerliche Zeiten. Da zu seinem Ärgernis jeder noch so schöne, kalte Berliner Winter in jedem Jahr knallhart vom Frühling beendet wird.

DIE LÖSUNG

Ein unbekannter Herr gehobenen Alters bricht am helllichten Tag in einer belebten Fußgängerzone mit einem Herzinfarkt zusammen und nimmt eine diagonale Position auf dem Asphalt ein. Tauben picken auf dem Boden neben dem zuckenden Körper nach Körnern. Ein weiterer unbekannter Mann hatte das Szenario beobachtet, eilt herbei, bleibt starr stehen, notiert sich hastig etwas auf einen Zettel und wird anschließend von der Drehtür des gegenüber liegenden Kaufhauses verschluckt.

Sicherheitsdienst-Mitarbeiter Karl-Hermann P. (38) hat alles genauestens verfolgt. Er beginnt hinter seiner Überwachungskamera zu gähnen. Alltagsroutine. Da kommt ihm die Eingebung, sich Kerosin von einem Flieger abzulassen und damit sein Auto zu betreiben. Das ist die Lösung.

DIE LÄNGE EINER KAFFEEPAUSE

Wenn Anke (34) einmal Alpträume hat, spielt sich das meistens ab, wenn sie nicht schläft. Tagsüber, wenn ihr Ex Robert (41) zu Besuch kommt. Zu Besuch, um noch irgendwelchen Plunder aus der ehemals gemeinsamen Wohnung zu holen. Nur ein Vorwand, um sich ungefragt in die Küche zu setzen: »Noch schnell einen Kaffee trinken…« und von seinen neuen Frauenbekanntschaften zu informieren, die sie nicht die Bohne interessieren. Ebenso wenig wie sein neuester Spruch: »Die Tendenz geht zum Drittmann!«

Ein Spruch, der ihm aber umso mehr ein breites Grinsen ins Gesicht zaubert, weil er sich über seine neue Flamme (38) freut. Neulich im Park kennengelernt. Die Hunde spielten miteinander. Verheiratet ist sie, wenn auch unglücklich. Kann sich aber nicht trennen. Das Haus, die Kinder. Kennt man ja…! Einen festen Lover hat sie – der hat aber nie Zeit. Beruflich Stress. Und neuerdings auch Stress mit ihrem Ehemann, weil er von der Affäre Wind bekommen hat. Nun ist Robert ihr Drittmann. Keine Erwartungen, kein Stress, keine Komplikationen. Ganz nach seinem Geschmack. Dabei lacht er aus vollem Herzen, verschüttet fast den ganzen Kaffee und präsentiert sein vollständiges Gebiss. »Die Tendenz geht zum Drittmann!« Robert greift sich dabei in seinen Schritt. Anke verdreht die Augen. Zum Glück sind solche Alpträume auf den Rahmen einer Kaffeepause beschränkt. Früher lief der Alptraum den ganzen Tag. Manchmal fühlt sich eine Kaffeepause aber auch an, als dauere sie 24 Stunden…

DAS BÜRO

In einem Büro steht ein Schreibtisch. Am Schreibtisch wohnt ein Anzug: Standardanfertigung für den langen Dienstweg. In diesem Anzug steckt ein Hals. Auf dem Hals sitzt ein Kopf. Der Kopf heißt Leimann. In Leimanns Kopf sitzt ein Mund. In dem Mund stecken Akten voller Eingaben, Zahlen, Aufträge, Revisionen, Anfragen, Aufforderungen, Mahnungen.

Leimann (45) ist ein sehr gründlicher Mensch. Über dem gründlichen Mund sitzen gründliche Augen, die gründlich bewachen, dass gründliche Dinge auch gründlich erledigt werden. Er arbeitet im Öffentlichen Dienst in der »Abteilung Wohnen«.

Als Kleinkind hat er viel mit Fäkalien gespielt. Da sein Anzug immer mehr gewachsen ist, sein Kopf, welcher mit Rührei mit Speck gefüllt ist, aber immer die Größe von dem eines Kleinkindes behalten hat, wurden ihm irgendwann andere Kackwürste gegeben, um seinen Spieltrieb zu befriedigen: Die Kackwurst heißt »Macht«. Und die Macht macht ihn an. Deswegen wohnt er so bequem in seinem Bürostuhl, weil er dort den Willen zur Macht zulässt. Denn hier kann er machen, was ihn an der Macht so anmacht: Er kann damit spielen.

Wie mit den geliebten Kackwürsten in seiner Kindheit.

Am liebsten lehnt er Anträge ab. Vor allem, wenn es bei den Anträgen um Geld geht. Denn da verstehen die Leute keinen Spaß. Und das macht ihm Spaß. Aber vorher sollten alle noch ein bisschen schmoren. Sein beliebtestes Werkzeug für Dauerfeuer auf die Nerven der Antragsteller sind Schreiben mit der Formulierung »Ihr Antrag ist unvollständig«. Aus dieser Klientel der Entnervten lässt sich der Anteil derjenigen schöpfen, die einen gebrochenen Willen und bedingungslose Ergebenheit mitbringen. Solche Menschen sind ihm besonders kostbar, denn hier wird vielleicht eines Tages auch jemand dabei sein, der ihm dann als Zeichen der Huldigung auch eine Kackwurst ins Büro mitbringt.

DER AUFESSER

Die Mutter (42) macht sich Sorgen. Das Kind (17) isst zu wenig. Die Mitschülerin sagte ihr, sie sei zu fett. Jetzt hat sie Kleidergröße 32 und stochert mit der Gabel im Essen. Der Teller bleibt gefüllt. Der Opa sagt, in Afrika hungern die Kinder. Heimlich steckt sie sich über dem Klo den Finger in den Hals.

Plümmer (37) interessieren die ganzen Begleitumstände und Hintergründe nicht. Haben ihn auch nicht zu interessieren. Plümmer ist ein Mann der Tat. Plümmer hat ein Unternehmen gegründet, eine Hotline eingerichtet. Tag und Nacht kann angerufen werden. Ein Service-Mitarbeiter kommt innerhalb von 30 Minuten vorbei und verspeist alles, was auf den Tisch kommt. Damit jeder Teller leer gegessen ist.

MODERNER MESMERISMUS

Scharlatanerie haben sie es genannt, die Vertreter anderer Wissenschaften. Ja, sie sprechen seiner Wissenschaft sogar jegliche Existenzberechtigung ab. Unseriös sei es.

Es ist nicht so, dass Dr. Johannes Freudenberg (37) sich nicht bemüht hätte, hochrangigen Vertretern benachbarter Disziplinen sein Werk nahe zu legen. Zu zeigen, dass er einen völlig neuen Zweig der Naturwissenschaft gestaltet hat. Zig mal hat er es versucht. Zig Mal!

Dabei ist die Züchtung von Geld ein hochkomplexer Vorgang. Gar nicht mehr vergleichbar mit dem Gartenbau-Metier, auf das es jetzt überall herunter reduziert wird. Natürlich, auch hier sind Muttererde, Wasser, Sonnenlicht wichtige Grundsubstanzen, das bestreitet er ja gar nicht. Vielmehr knüpft aber seine neue Wissenschaft, er nennt es »Pecuniaologie«, an die Errungenschaften des zu Unrecht in Vergessenheit geratenen »Mesmerismus« an, der Lehre von magnetischen Strömen biologischer Körper.

Mit Hilfe moderner Computer-Technologie und speziellem Know-how hat er in jahrelanger verborgener Forschungsarbeit auf der Mikro-Ebene nachgewiesen, wie die Aufmerksamkeit, die Gefühle, die dem Geld durch Menschen entgegen gebracht werden, dieses vergleichbar mit einem biologischen Körper macht. Ja, es sogar in einem biologischen Ordnungssystem neben dem Homo sapiens sapiens kategorisieren lässt. Sein Forschungsschwerpunkt waren die emotionalen Bindungen von Ehepaaren jeweils zueinander im Vergleich zu deren Bindungen zum Geld. Es konnte nachgemessen werden, wie die Gefühle der Probanden, deren Tiefe, Innigkeit und Leidenschaft zum Geld um ein vielfaches das übersteigen, was die Ehepartner durchschnittlich füreinander empfinden.

Auf der Makro-Ebene sollte anschließend untersucht werden, welche Kräfte zwischen Mensch und Geld in größeren gesellschaftlichen Gefügen wirken und welche Wechselwirkungen hierbei vorhanden sind.

Auf dieser Grundlage ist im Sommer 2007 der erste umfassende Feldversuch auf dem Gebiet der Pecuniaologie, die »Bonsai-Methode« der Weltöffentlichkeit präsentiert worden. Hier sind in einem hochkomplexen Verfahren weltweite Geld-Werte der Einwirkung magnetischer Spulen von Computern ausgesetzt worden, um die Wechselwirkungen zu erforschen. Das Forschungsfeld sind dabei die internationalen Börsenmärkte gewesen. Nachdem Dr. Freudenberg mit den offensichtlichen Ergebnissen ungeahnter Schrumpfungsprozesse weltweiter Geld-Vorkommen an die Öffentlichkeit getreten ist und damit den letzten und eindeutigsten Beweis für eine Rück-Züchtung erbracht hat, ist er -wider Erwarten!- totgeschwiegen worden.

Seit diesen Ereignissen forscht er nun im Verborgenen. Aber zukünftige Generationen werden sich sicherlich seines Werkes erinnern. Die Menschheitsgeschichte wird ihn freisprechen.

THEKEN-GESPRÄCHE

Erreicht hat Günther Tillmann (46) alles, was er in seinem Leben erreichen wollte: Bausparvertrag, Heiraten, eine Familie gründen, um diese dann mit großer Geste wieder aufzulösen (das gehört zusammen) und ein Haus zu bauen, um dieses dann verlottern zu lassen. Alles ist vergänglich. Immer! Um den Rest hat er sich nicht gekümmert, um Mickey Mouse und Ronald Reagan, um Umweltschutz und Atombomben. Was soll das auch?! Zum Beispiel der genervte, nölige Blick des heillosen Gesocks von heute. Die keine Werte mehr haben, aber auch nicht wissen, was sie wirklich wollen. Wofür soll das gut sein? So was hat er nicht. Kennt er nicht. Nie gehabt. Er hat sein Ding durchgezogen! Auch im Berufsleben. Auch da ist es immer bestens gelaufen.

Erst im Landeskrankenhaus, geschlossene Abteilung. Dann in der Justizvollzugsanstalt. Dahin wird das gelaufen, was nicht laufen will, um weggeschlossen zu werden. Von *ihm*! Der Beruf des Schließers ist etwas Handfestes. Eine Aufgabe, die darin besteht, alles fein säuberlich dahin zu stecken, wo es hingehört. Und so wird Günther Tillmann bald in einer Holzkiste landen, wenn er weiterhin immer nach Feierabend so viel säuft, hat ihm sein Hausarzt angedroht. Soll er, solange die Kiste ordentlich zugemacht wird. Auch da weiß er ganz genau, wo er hingehört. Schließlich hat er Ziele im Leben. Wie sich das gehört.

Kollege Jensen, neben ihm, kippt dabei vor Lachen vom Barhocker. Nachdem das Gelächter auf die Umstehenden übergegangen ist, brüllt Tillmann zum Wirt: »Jetze aber, Erwin, jib ma nochma ne Runde Molle mit Korn. Prost!«

»STAIRWAY TO HEAVEN«

Nachts um 2 Uhr müssen die Nachbarn aus dem dritten Stock eines Neuköllner Hinterhauses das Fenster bei lauter Musik öffnen. »Stairway To Heaven« beschallt den gesamten Innenhof, raubt Ansgar P. (36) die Nerven und den Schlaf. Denn aus seinem Zuhause im ersten Stock des Seitenflügels hat er hierzu einen schlechten Einblick und einen sehr schrägen Eintrittswinkel in die wesentlich höher gelegene Wohnung. Dank eines von ihm neu angeschafften Präzisionsgewehres der Marke »Flink & Fix« ist aber auch diese Aufgabe lösbar. Gute Nacht!

INHALT